De llegar Daniela

DE LLEGAR DANIELA
D. R. © Rafael Ramírez Heredia, 2010

ALFAGUARA

De esta edición:
    D. R. © Santillana Ediciones Generales, S.A. de C.V., 2010
    Av. Universidad 767, Col. del Valle
    México, 03100, D.F. Teléfono 5420 7530
    www.alfaguara.com.mx

Primera edición: abril de 2010

ISBN: 978-607-11-0505-9

D. R. © Cubierta: Everardo Monteagudo

Impreso en México

De llegar Daniela

Rafael Ramírez Heredia

Le Marzet

Si con la huida se diera por lo menos el inicio de una posible sanación, en este mismo segundo se largaba, pero eso sería tanto como regresar a los odiosos tapujos de los que está harto, él no puede ni pensar en la fuga, debe permanecer aquí, aguantar el revolvedero de adentro, el par de noches en la exactitud de la soledad desvelada, carajo, y entonces escoge una silla frente a una de las mesas de Le Marzet.

Las avestruces meten el pico y los ojos en el lodo, él no puede hacer eso, Daniela se encargaría de recordárselo a cada segundo sin importar el lugar escogido para esconderse; nadie en el mundo ha construido un país madriguera, tampoco existe isla, alcázar o lontananza en donde se puedan engañar las dolencias, carajo, y se afianza en el asiento sintiendo bajo los zapatos el calor de la acera.

Huir sería como tratar de atizarle, a la primera y con los ojos vendados, un palazo a las piñatas de su infancia, y no, por más esfuerzos sus golpes se esfumaban en el aire navideño de las posadas sin saber que un día, lejano en tiempo y distancia, es decir, ahora mismo, en este lugar, intenta arrinconar a Daniela eludiendo cualquier tipo de acechanza, y con garrote de mañoso agorero golpear de lleno a la piñata porque en el vendaje de sus ojos existe una rendija de luz alumbrando el peregrinaje de sus corazonadas, sí, carajo, pero sin escapar, que no puede dejar a Daniela solitaria en sus regateos, no puede huir de la ciudad, menos despegarse de esta silla, de este bar, porque desde aquí Bruno Yakoski se mimetizará en los latidos del París que él revisa al tiempo de pedirle al mesero un gin tónic.

Su respirar jala aire al fondo del cuerpo; sin levantarse de su silla Bruno revisa los lugares preferidos por Daniela; ahí detiene sus ojos que a su vez miran la superficie redonda de la mesa del bar: los bosquecillos utilizados por ella para tumbarse en el césped; el zoológico y sus gacelas a las que la muchacha tanto amaba:

—Las gacelas son la gracia del mundo —escucha la voz de la chica, loa a las gacelas, él también las mira, está detrás del cuerpo de la muchacha, Bruno se unta a las nalgas de ella, y ella lo resiente pero sigue admirando a las gacelas de pronto esfumadas; ya Daniela y él caminan por unos puentes, la joven se recarga en el pretil, miran el paso del agua; se escucha la risa medio trabada en la boca de ella al medir la extensión de los bulevares, el decorado de los aparadores; delinea recovecos junto al río; va brincando por decenas de plazas que ella decía haber descubierto...

Las punzadas del cansancio andan de revuelo en Bruno Yakoski, pintan un sinfín de lugares, y de todos esos sitios es en esta calle, en este bar, el único en que Daniela puede aparecer sin las caretas que la cubrieron desde el momento mismo en que como quimera apareció cargando la maleta de viaje; frena el trago del gin tónic y entre los velos que cubren a la chica surge el nombre de otro barrio menos céntrico, de algún trío de bistros, de una callejuela de las afueras, un meandro del río, y no, los rechaza.

Su pulso es vara detectora de agua, vibra, señala: en toda la ciudad no hay nada mejor que esta taberna en la mitad de la calle, ni siquiera en la Maison, o en el set six que es algo tan de ella, tan jodidamente personal, sólo de ella aunque él lo haya visitado, olido, recorrido de rodillas besando las ingles de Daniela: propietaria del set six, ella la dueña y él el arribista, él que se escucha sin que su voz salga de la circunferencia de la mesa del bar sabiendo que la soledad es uno de los recursos del aprendizaje, y mira la congestionada extensión de la calle, el avispero de saber que lo que sabe se alebresta, raspa, y sabiéndolo acepta los peligros, las trampas distractivas de Saint André des Arts como lo son los gritos de un negro fuera de la acera, el tumulto de los turistas, el jodido humor de los automóviles, lo denso del calor, el parloteo musical de unos ingleses atrincherados como si fueran conquistadores.

Bruno Yakoski sabe: esos escollos existen en cualquier frontera, no digamos en una tan especial como esta donde deberá mirar el mundo desde la ribera ajena; así, Bruno tiene que aguantar aquí, solitario, con la mente a redoble: la manera menos estéril de sentirse abandonado; tiene que navegar al puro timón del pálpito, desvelar lo que él mismo se ha negado rechazando la idea de un naufragio en las playas de las respuestas sesgadas, sin que ningún hecho, por más ríspido que sea, lo coarte, ni que una risa lo saque de la banda, que un olor a sexo lo puede desviar, ni un sonido de bala, ni un acuchillado gritando en una noche sin besos; eso es lo terrible: la ausencia de besos nocheros, y si ya sabe lo angustioso de esa privación, no existirá nada capaz de tapar las palabras de la chica, ni tampoco antifaz alguno que disfrace su ceño.

Uf, el tiempo nada importa, sí señor, escucha su voz decirlo sólo para él; cada línea debe proseguir su camino para llegar a la silueta que construya la figura y de ahí las voces, los olores, la textura del cuerpo, los personajes actuando y así juntarlos con los hechos. Silueta, figuras, personajes, carajadas propias de él que se esfuerza por salir adelante en sus estudios realizados en un país del que ya está harto y no abandona porque es necesaria la verdad sobre Daniela; carajo, él lo sabe: sin ayuda esta historia no podrá reseñarse, hay que empujar, atar, aceptar sin autoengaños, unir los cabos sabiendo que la vida de cualquier persona es como puzzle millonario, pero la de Daniela destroza esa lógica: los pasos de ella se desparraman en piezas sin orden, se suspenden en pesares y risotadas, en palideces, silencios, se configuran a brincos de un tablero a otro en sus viajes de Francia a

España, de España a Francia con puntos de unión en Bélgica, en el mismo México, su país situado tan allá que el olor diamantino de la patria apenitas le roza el recuerdo.

Las dudas de Bruno Yakoski se aplastan, está frente a una maraña a la que tiene que estirar, cuidado con romper, lo peor es fragmentar los fragmentos y centuplicar el trabajo intentando la unificación de lo roto antes del verdadero acomodo, eso no es proyecto, es una imbecilidad, lo sabe y también sabe que lo más fácil sería terminar de una buena vez con el personaje. Cuidadito, eso suena a facilismo, Bruno, ese no puede ser el camino, ¿cuál sería la reacción de Daniela si él así lo planteara?; la chica se esfuma, entra la figura de la madre de Bruno, la ve a bordo de uno de los autobuses, lista para viajar al siempre alabado Veracruz; la ve y la escucha, ella habla, de pronto aparece una sentencia:

—Cuidado, mijo, lo que sale facilito, huele a mentira.

Y la voz de doña Licha lo apresta, detiene sus especulaciones, debe avanzar con tiento, no puede entrar de lleno como si la prisa fuera el camino, no es así, la prisa maquilla las razones, la prisa disfraza los sentires, debe entonces ir con la palabra como hebra de rosario, y este es el apropiado, el perfecto para escoger los hilos y atarlos; primero seleccionar uno, después atrapar a los otros, atarlo aunque por dentro cargue esa incapacidad para desmenuzar una historia que supone conocer; después de lo sucedido tiene que sentarse aquí, aceptar que el primer paso existe pero no surge de improviso, carajo, que nada aparece sin un despliegue previo, así que siendo el primer paso no lo es, debe aceptarlo porque las equivocaciones a veces tapan los hechos, o lo peor, las debilidades pintan cuadros inexistentes, y Bruno por fin sabe que ha llegado al límite de un proceso trompicado, pensado y rechazado desde una fecha tan incierta como un primer paso.

Ahí está Daniela: lleva el cabello corto, recién lavado, levanta la vista, lo mira, sonríe, le hace señas. Ella camina hacia Bruno, lo abraza, giran, los árboles están a su alrededor, en las flores se huele la primavera. Daniela es igual a la que Bruno se hubiera imaginado.

También aparece la misma otra siendo ella misma: una mujer endurecida, engurruñada dentro de sus silenciosos viajes y ausencias, su remarcada necesidad de ver las noticias de los atentados con ese ¿cómo poder pensarlo de una manera adecuada? brillo en los ojos cuando el timbre del teléfono tensaba los músculos, o la palidez mostrada después de haber seguido a la mujer de los gatos.

Sostiene el vaso. Tiene que centrar el pensamiento a la manera de corazonadas cronológicas. De otra manera, Bruno, la incapacidad se hará tan pesada que el dolor arrasará todo. Ve a Daniela, revisa sus modales y actitudes. La repasa desde los pies hasta la manera de levantar las cejas. Se concentra en la figura, la delinea en la forma en que ella reacciona ante

diversas circunstancias, en la manera de trastocar las palabras, de manipularlas; entonces
Bruno se siente rodeado, sin defensa, odia sentirse así y así se siente, carajo, ella no se con-
duele, al contrario, cuando él quiere preguntar
algo, por ejemplo:

—¿Dónde estabas? —al escucharlo, Daniela aprieta los labios, no oculta su ira y sin
embargo su voz suena burlona:

—Hoy los celos se te alebrestaron —al
decirlo ella le mira los ojos.

No son celos, es dolor, sufrimiento el de
hoy, de ayer, de hace tres días; fue dolor y no
celos que nada tienen que ver con la historia
aunque sean parte del camuflaje, como flores de
ciruelos: muchas y los celos una de ellas, ¿cómo
carajos no van a existir los celos?, negarlo sería
tonto, pero el celo no puede ser la única flor del
ciruelo, es una de ellas, quizá la menos osten-
tosa; Bruno quiere conformar un todo sin que
los celos pujen, bufen, tiren patadas y mordidas,
metan mano en la historia que es igual a una
cuerda lanzada desde lo alto de la torre y él ve
caer al hilado en su trazo vertical, lo ve y aun
así quiere seguir dudando de la linealidad del
cordaje.

¿Qué es lo que busca?, los terrones de sal
hundidos en el agua se deshacen pero no el sabor ni la presencia de la muchacha por más que
los hechos quieran cubrirla:

Lo que el economista busca es aceptar
que Daniela Köenig pueda estar metida en el
terrorismo, eso.

Que la chica sea parte de las negruras de la frontera, eso.

Que sabiéndolo se jugara el pellejo conspirando en pinches callejuelas tortuosas, eso.

Que ella bien comprende un idioma impronunciable como lo es el euskera, eso, eso, eso.

Eso y más, lo de ellos, lo de ella sola y su madre tenista, lo de Moraima y Fentanes, lo de su familia, lo de Betín, malhaya, Daniela y sus retardos matutinos, sus quejidos en los hoteles y sus noches oscuras, eso, eso, eso, carajo.

Espera, no debe avanzar de esta manera, está dando por comprobado lo que ni siquiera acepta; si eso, eso, eso fuera cierto, entonces para qué darle vueltas al asunto, cuál el objeto de remover la historia o desvelar los hechos; no, Bruno tiene que comprobarlo y no darlo como una verdad, ni alterarlo por el molesto ataque de sus ladridos celosos. Si fueran sólo sus celos, entonces: ¿de qué línea colgarán sus vaivenes tasajeados por los ruidos de la calle: música, autos, el calor y los gritos de un hombre negro que no ha dejado de decir tonterías?, no, sería como rendirse antes de tiempo; por eso no puede haber suspicacias, los ruidos y la gente no deben importar; si capitula, ¿con qué garras podrá arañar lo que debe hacer?, ¿de dónde sacar la pujanza que se requiere para volar en este aire tan ennegrecido si sólo es dueño de una gualdrapa que le quiere tapar los ojos y unas alas de avestruz inservible?

Carajo, ahora requiere de la fortaleza necesaria para tratar de darle un palazo a la piñata de su presente, se reasienta en la pequeñez de la mesa de un bar llamado Le Marzet a donde Bruno Yakoski ha llegado sabiendo que es el único lugar en toda la ciudad donde la chica irrumpirá en su desesperanza en medio del calorón de la calle y de estos gritos y ruidos que con pérfida lobreguez tratan de distraerlo.

No cortes esas flores

Desde su asiento la ve, ahí está: las escaleras y la entrada del edificio de enfrente le dan decorado a un grupo de personas que Bruno Yakoski mira a través de la semiluz de un sol coludido con las nubes ralas; poco a poco enfoca cuerpos, rostros, las ropas de la gente, al mismo contorno del edificio; en desmayo van llegando los olores, las voces: escucha a Fentanes, a Hinojosa, a Chela con su acento norteño, y por supuesto, ahí, entre ellos, está Daniela.

Desde su asiento es a ella a quien en realidad ve, sólo a ella, los demás se convierten en figurantes; ella ahí está aunque no la escuche, sabe que ahí está, de guardia, atenta. Después, también ve a los demás, a Moraima, la risueña Moraima, la tabasqueña pechugona, a la que las voces chismeras unían oscuramente con Daniela; espera, esto debe aclararse, no aceptar lo que aún no tiene certeza; Moraima, la morena que en la Casa de México porta los estandartes del río Grijalva navega en canciones de olor selvático, y dejando de lado cualquier charla, siempre remataba en tarareos... no cortes esas flores cual blancas mariposas...

El grupo está atento a lo que Fentanes dice como tratando de dar color a una conversación salpicada por las miradas con que el tipo cruza a Daniela mientras habla:

—Al parecer no, pero en realidad cuando alguien se convierte en pesadilla, lo más sencillo es desaparecerlo.

Bruno recuerda el trazo de los labios de Fentanes, le mira las manos traqueteando en las rodillas de la tabasqueña, quien a su vez pone los ojos en el aire de la calle aunque presta a servir las copas si alguien lo requiriera, por ejemplo, Daniela. El economista reconoce las marcas de las arrugas aún mansas en la frente de Fentanes, lo ve nítido, lo escucha cerca, la voz entra y sale para esconderse en la orilla de la calle uniendo los sucesos y los tiempos: eso es, debe tratar de unir las fechas, ahí podría estar una de las claves de lo que no quiere etiquetar como de misterio o desgracia, pero sabe que esos enunciados se pegan a otros al igual que el tiempo se junta al tiempo y tienen peso aunque él pronuncie:

—Desaparecer, nadie debe desaparecer a nadie, carajo.

La ausencia no tiene remedios, es nudo sin salida —y mira alrededor del bar buscando alguien que se fije en él, en este hombre que bebe, imagina, retuerce y habla a solas en esta hora de la tarde en una demasiado calurosa calle de Saint André. Desaparecer al personaje, desaparecerlo, se van haciendo eco las palabras, y en medio llegan de nuevo las imágenes del grupo de amigos, y claro, con ello, la voz de Fentanes, ¿dijo desaparecer o matar?, ¿qué fue lo que dijo? En aquel momento ninguno de los amigos entendió a ciencia cierta lo que Fentanes había dicho festejado por el murmullo musical de la tabasqueña: Moraima, a punto de danzar, frunce la boca, mueve las manos en arabescos frente a Daniela, quien tuerce un gesto indefinido, el silencio atravesado por el murmullo musical de la bailarina, la voz de Daniela que sin dejar de ver a la tabasqueña pide orden en la discusión diciendo:

—La muerte no es única, tiene tantas opciones como llantos.

A Bruno le hierven los deseos de alzar en brazos a Daniela y flotar como en las cintas de los años cuarenta, pero no quiere demostrar lo que siente, sólo ve a la chica envuelta en cantos cuya coreografía recuerda a los programas de televisión donde unas tiples bailaban al compás de una orquesta.

—La muerte es tan burda que soporta a catetos sin imaginación —oye la voz de la chica.

Bruno no entendía la razón por la cual Daniela desatara los miedos que él identifica con la muerte cuando en aquel momento lo único que él quería era bailar pese a no agradarle los bailongos.

—Morir no tiene secretos —remarca Daniela.

Él le vio la hondura en los ojos, le mira las manos tensas cuando el sol de la tarde empezó a barrer a golpe de palabras la plática aquella al repetir en voz alta que con la muerte se acaban los caminos y de haberlos, a lo mejor también habría una tercera vida y así hasta el infinito y él no tiene tiempo, se le acaba, no porque le falten horas a las horas sino porque su fuerza llegará sólo hasta el límite del descubrimiento.

Sin moverse, todo él regresa a la mesa del bar y a la idea de terminar con el personaje, agotarlo de una vez por todas, pero sin destruir, que nadie debe destruir a nadie, sino construyéndolo, que sin duda es mucho más arduo.

Pero vamos a ver: ¿quién carajos podría ser el adivino que tuviera el poder de siquiera intuir lo que más adelante iba a pasar? Nadie sería capaz de imaginar los sucesos por más que, como él, los tuviera enfrente, atorados en la espesura de los velos que cubren la vida de la chica, por eso Bruno se quiere quitar de los ojos cada una de las gualdrapas, rasgarlas, quemarlas de ser necesario, pero como nunca tuvo la certeza de nada, y esa verdad que ahora corretea se hizo como camaleón bruñido por la ternura, ahora requiere desenterrar y reconstruir los pasajes, apachurrarlos como granos sin importar el dolor, y quizá la llave de alguno de ellos pudiera abrir la valija de los hechos. Vamos a ver: ¿Qué es lo que tiene que revisar?: ¿Lo de los viajes? Sí. ¿Lo de las llamadas telefónicas? Sin duda. ¿Marcar los días en que no supo del paradero de Daniela? También. ¿Sus tercos silencios y las fechas que se sucedieron? ¿Tiene que revisar de nuevo cada línea del rostro transformado por la angustia? De nuevo lo afirma: Sí. ¿Las razones de esos cambios radicales tienen que ver con algunas de sus etapas risueñas? Pudiera ser. Sin dejar de lado las razones de la felicidad tranquila que ella mostraba en los días normales… también, pero… ¿qué se puede catalogar como normal?… debe usar el lenguaje adecuado, no dejarse llevar por la estrechez de los recuerdos, más bien, por lo enmarañado de los acontecimientos que sin duda duelen, envaran las palabras que tanto necesita para dibujar el rostro de la muchacha, la transformación: el rictus, la sonrisa torcida, la mirada dura, el olor de la tela manchada en las axilas y así los dos estaban enterados que Daniela estaría en canales distintos de las demás personas: gente de la ciudad, o los habitantes de la Maison du Mexique: los estudiantes que aceptaron a esa joven sin preguntar sobre lo que Bruno sabe que existe sin llegar a definirlo. ¿No se estará pasando al buscar una razón a todo esto después de los sucesos de Santillana del Mar? ¿Cómo es posible reconstruir los acontecimientos en ese pueblo a veces visto en los anuncios oficiales del turismo español?

Y recorre el anuncio del sitio, las callejuelas, huele los escondrijos de cada una de las casas de piedra, toquetea el empedrado de las calles, desde el color de los árboles ve todo lo que sucedió buscando llegar a vivir lo no vivido. Pues así tiene que hacerlo, y además, utilizando una aceptable cronología porque no puede comenzar de atrás para adelante, maldita sea, si lo de Santillana del Mar es lo único incontrovertible: Entonces debe comenzar teniendo como salidero al más o menos inicio de la historia, de otra manera se quedará en el limbo y ahí nadie quiere estar, ni siquiera los personajes de las películas mexicanas, que son capaces de aceptar, comprender, recordar, de sufrir pero no de estar en el limbo, bueno, pueden hasta justificar lo desconocido.

—Qué estúpido es eso…

…escucha silbante la voz de ella.

—¿Justificar lo inentendible? —repite Daniela.

Se comprende o no, se es o no, se recuerda o se olvida, no se puede estar en el limbo, que es tierra de grises, de medianías, y entre las preguntas él se siente varado en una playa igual de plomiza a la de Normandía, o de otra playa mediera como lo es, ahí está el nombre: del Medi-terráneo, donde está Barcelona y mira a Daniela con los pechos al aire, tumbada sobre la arena, con las manos de Betín acariciándole el cabello y el sudoroso canto de las axilas… eso es parte de la trama, pequeño fragmento de un todo que es la historia de ella, la que apenas va construyendo a rebotes, como puzzle sin fronteras.

De golpe no, es paso a paso, así encuadra, enfoca: sabe lo que Daniela le dijo a él y a los demás miembros de la comunidad mexicana:

—Mi padre es medio alemán, tiene varios divorcios, mi mamá es guapérrima, pelirroja, juega tenis, desde hace años está casada, en segundas nupcias, claro, con un hombre llamado Raúl Ramayo…

...eso dice Daniela: también tiene una hermana rubia y alta; y entre otras fijaciones de la chica, siempre habla de un viaje a Europa realizado cuando era jovencita, y repite las tantas veces que se mudó de casa en ciudad de México.

Pero vamos a ver, ¿de qué sirven todos esos detestables datos? A ver, Bruno, ¿sirven de algo? Puede ser que no, investigador Bruno, enamorado Bruno, suertudo Bruno, pendejo Bruno, acalorado Bruno, porque la temperatura tuerce las veredas, las mismas por donde la muchacha va dejando pistas.

Vamos a ver, cuáles son esas pistas y si de algo sirven: ahí está la tibieza del refugio de ella, del set six, como le decían a su habitación: puede medir la estrechez de la cama y de esa pequeñez irse hasta las otras camas, las de los sucesos en los hoteles de Londres y de Arnoville, ¿será pista valedera mirar los pechos pequeños de la chica?, ¿vivir en las manos y en los labios el olor entre agrio y vainilloso del sexo, palpar la firmeza de las caderas, tocar lo descuidado de las uñas? No lo sabe, pero no puede dejar de lado lo que siente, malhaya que no puede.

* * *

Regresa, no debe repetir lo que es obvio. Ni mezclar datos concretos con sentimientos. Tampoco atar hechos con sensaciones y menos meter agujas de enamorado en telares tan desafiantes, tan desconfiables. Entonces se pregunta: ¿Qué es lo que sabe él, solamente él y qué lo que saben los demás? ¿Todos los demás incluyendo los amigos secretos de ella? ¿Cuáles son las franquicias que poseen algunos otros de la Maison du Mexique?

…la mayoría de los compañeros de estudios conoce los variados chismes alrededor de la vida de la chica, así como los susurros sobre sus gustos sexuales, su habilidad para encabezar cualquier demanda, su hosquedad, sus malos humores sin hablar con nadie, su solidaridad con cualquier causa, su terquedad y su nula capacidad para el canto.

Bruno Yakoski debe aprovechar que está solo en la calle de Saint André y poner en la mesa de Le Marzet los nombres de los que él sabe han tenido un peso en la vida de la chica, de aquellos que significan algo para Daniela, a ver, con cuál comenzaría… y sin duda que así como regurgita saldría mil veces el nombre de Betín y su alcance en los hechos, lo del accidente en el BMW, pero no puede dejar de lado las cartas y llamadas telefónicas, las ausencias que concuerdan con las fechas, sin olvidar su relación con la tabasqueña Moraima, la verdadera relación, no la que chismean los abyectos de la Maison.

Bien, el resultado de lo que descubra será lo que acepte para siempre, así será aunque esto a Bruno le sienta como escopetazo en el rostro. Tiene que darle vueltas a cada uno de los detalles, por ejemplo, el hombre acuchillado, por supuesto que eso cuenta, sin dejar de lado lo que rodeó a ese individuo.

Pero tiene que ir por bloques haciendo de lado rumores, canciones del trópico y hasta cortinas de humo, porque el nombre de Betín lo asalta, Bruno conoce parte de la historia de Betín, seguro, es una de las claves que abrirán espacios, por más vueltas que dé no podrá evitar a ese individuo que pesa en el conjunto.

…carajo, la magia de Le Marzet coscorronea los pesares de Yakoski, lo obliga a meterse en recovecos que apenas hace unos días estaban sólo de imaginaria sin que salieran a tirar mordidas petitorias a una fuente seca, como las securas que siente en el cuerpo, las que le arañan los ojos ahítos de echar lágrimas, malhaya, los llantos podrían salir de nuevo si llegara la melodía de no cortes esas flores cual blancas mariposas con que Moraima los atosigaba tarde con noche y amaneceres de nostalgia.

Huachinangos

El sonido de las palabras del hombre llegó empatado con el registro igual que si se irrumpiera un doble sueño; el parloteo de este personaje giró dentro de unos ruidos aún sin etiqueta hasta no alcanzar su espacio, y en ese entonces Bruno darles importancia, escucharlos plenos; la voz del hombre marca su presencia en el arroyo, semiprotegido por los autos estacionados como si tuviera la exacta medición de la calle y sus posibilidades. La voz del individuo de raza negra es uno más de los distractores de la calle. Sabiéndolo, Bruno masculla carajos dobles, recorre la figura del tipo: mira su calvicie, su profunda negritud, el individuo que habla con el tono de hender a los otros ruidos, esa voz se zambulle en el gin tónic, se hace ola con el agitador, vibra entre el hielo y la rebanada de limón flotando en el líquido arremete en la mesa que Bruno ocupa desde quizá tres tragos antes. ¿Quién sería capaz de medir esa tarde en minutos?

Debe pensar en solitario, los ruidos y voces del entorno son trampas; tampoco es posible reunirse con otras personas buscando centrar una idea, menos si no existe en forma cabal, maldita sea, en Le Marzet no pidió la presencia

de ninguno de los amigos, ni siquiera la de Fentanes que de inmediato hubiera exigido la compañía de Moraima aduciendo la amistad entre
ella y Daniela y quizá eso no sea cierto, Bruno
duda de que así fuera: Daniela conoce a cientos
de personas, quizá con alguna de ellas tuviera
algo más que simple conocencia, ¿como lo podría ser con Moraima?; el nombre de la tabasqueña lo llena a vaivenes, entonces se recuerda
subiendo por las escaleras, llega al set six, toca
la puerta, escucha ruidos suspendidos con el sonido del llamado, espera, de nuevo llama a la
puerta, los susurros de adentro hacen segunda
a su respiración agitada, porque, ahora lo sabe
—no en aquel momento—, eran susurros in-
quietos, toca de nuevo y siente un garra ardo-
rosa que se le clava en la garganta, la puerta se
entreabre, Daniela apenas asoma el rostro:

—Estoy durmiendo.

Cuál durmiendo si tiene ojos de tañido
de cama, pero eso es infracción sin prueba que
no obtuvo pues sólo percibió por el hueco que
deja la figura de la muchacha, un olor mezclado
de sudor y humedades femeninas que se mete
a la nariz, él apenas distingue el interior, el rostro de ella cerrando caminos, los ojos de la chica
giran ya entre la ira, la impaciencia:

—Yo después te busco —la voz de ella
es parte de la mixtura de los vahos, él trata de
hablar, de preguntarle qué sucede, ella cierra la
puerta, cubre las miradas de él que se queda
afuera mientras cree escuchar risillas sordas y
quizá, siempre le quedó la duda, quizá, el canto

tarareado de alguna tonadilla tropical… entonces Bruno fuma y acepta: quizá no sólo él tuviera la exclusiva de la amistad confianzuda de Daniela, por eso no debe dejar ni una pista de lado, menos cerrarse entre moralinas desfasadas de un nuevo siglo.

* * *

Bebe un trago largo. El frío del líquido se pega a su respiración. De nuevo mira al negro, quien al parecer no se ha fijado en nada ni en nadie. El tipo habla hacia el frente mientras Bruno en su mesa bebe, mira la calle y a los otros parroquianos indiferentes al negro cuentahistorias; malhaya, nadie tiene la amistad de nadie, lo acepta, las trampas de la distracción pueden brincar desde cualquier punto que rodea al bar: útero propiedad de Bruno, él está ahí sujeto a que algún fragmento de su pensamiento, aparte de hacer mal los cálculos, se fugue hacia nidos diferentes y aun sabiéndolo, aun negándolo, en alguna parte un Bruno diferente, y al mismo tiempo él mismo, intente descifrar lo que el hombre negro relata: aventuras, ciudades empobrecidas en medio de marchas militares, charlas en calles desconocidas, reclamos políticos, palabras de perfiles duros, pinche negro.

* * *

Alto; el torrente no debe escapar hacia otros puntos. Ningún sonido extraño deberá poseer la capacidad de romper la secuencia de una Daniela al irrumpir la escena. Al entrar ella, Bruno, en voz baja, le pide auxilio:

—Ayúdame por favor mi vida, esto es muy difícil.

Al decirlo espera la voz femenina: aguda como si la acompañara un esfuerzo extra en cada palabra; que esa voz arme una teoría sobre lo que el negro gesticula, que explique cuál es la verdad que el calvo quizá oculte: la otra verdad, la del engaño, la que Bruno intuye al puro timón del pálpito, y aunque se niegue a salir de la acción que ha determinado, acepta que no tiene la capacidad para negarlo. Son demasiado fuertes los elementos enredados para que además un negro gritón dé sonidos a sus pensamientos cubiertos de imágenes que aquí están, se notan claras, tan nítidas que dan miedo:

Los cuerpos ensangrentados de unos niños tirados sobre la calle, al frente se ven varios edificios humeantes y en ruinas, sobre la acera unos hombres de uniforme con las cabezas deshechas por tiros de pistola, el periódico muestra en la primera página la foto de la tragedia y a un lado de la foto, el comunicado que reivindica el atentado: Bruno se ve revisando si en la foto no aparece el rostro de Daniela, como mártir o responsable; él, con un sofoco metido en la garganta, acartonado por el sufrimiento, con el calor de la tarde, y además tener que soportar a un negro gritando historias incomprensibles, diferenciadas, como dirían los colegas economistas.

Ah, la madeja. Ah, los negros que no quieren quedarse callados. ¿Al referirse a él, Daniela le diría negro, hombre de color, afroamericano, cómo le diría?

* * *

Ante la duda, cambia el panorama: Bruno se ve más joven, en el televisor mira el partido de fútbol, se aburre con la voz del comentarista etiquetando de morenos o de color a los jugadores negros, sin saber que años más tarde, de cara al hombre que grita, iba a pensar que no habría locutor o rapsoda que en esos domingos tuviera la capacidad para contar la vida de Daniela: Bruno está sentado frente al televisor, doña Licha se prepara para misa de doce, y más tarde freír los huachinangos comprados por Bruno el sábado anterior en el mercado de La Viga: sitio gritón, colorido, frecuentado por españoles en busca de ingredientes para sus paellas nostálgicas.

Qué se iba a emocionar con el fútbol, pero no se trata de alentar emociones sino de ordenar la terquedad de irse a los casi diez mil kilómetros de distancia y entrar al mercado o a la sala del departamento de la calle de Pensilvania, en la ciudad de México; oler el pescado bañado en aceite hirviendo. Y cerca de las dos, madre e hijo se sentaban a la mesa a comer el huachinango acompañado de frijoles refritos y tortillas. Huele la comida dentro del departamento.

—Porque así se come en Veracruz —decía doña Licha mientras iba arrancando trocitos de carne con la tortilla. Luego, en un acuerdo firmado desde la muerte del padre, cada uno se iba a lo suyo: su mamá a lavar los cacharros y él a su habitación a dormir la siesta.

—Eso es de jarochos —comentaba doña Licha.

Al decirlo sonaba como si las costumbres de la costa le hubieran ganado, por fin, a las costumbres de don Sergio: de bigote largo y nariz huesosa que desde la foto colgada arriba del mueble de caoba miraba cómo su hijo Sergio se encerraba en su habitación: al fondo a la derecha, porque al fondo a la izquierda estaba —está— el baño, los wc del mundo se encuentran al fondo a la izquierda, ahí debe estar el de Le Marzet, no visitado aún esa tarde, quién carajos piensa en mear cuando se está a punto de meter la nariz a la hondonada, los que mean seguido es porque tienen miedo de continuar en lo suyo, Daniela nunca se levantaba para ir al baño como si le diera flojera o asco meterse a los olores de los retretes parisinos, y se escucha la voz y la teoría de Fentanes, Daniela lo mira y el hombre alza la ceja, en forma abierta coqueta con la chica y ella lo alienta, lo estimula, levanta los brazos para erguir los pechos, los ojos están encima de Daniela, los de Bruno lastimando, los de Moraima que engullen, los de Fentanes que calculan mientras afirma que:

—Mientras no vayas a desaguar la primera vez, no habrá problemas, después de la

primera no se pueden detener las peregrinacio-
nes —gira el rostro para ver el efecto del dicho
en Daniela que se acaricia los antebrazos. Ahí
Fentanes, Moraima y sus cantos corruptores, los
indonesios, las alemanas, Vadillo el de Campeche, las italianas del cafetín, el grupito de mexicanos norteños: que se vayan todos a la tiznada,
es hora de desprenderse de lo que sabe que no
podrá hasta no dividir un atadijo que incluye
como moño a Daniela, es decir, el moño es ella
y el contenido también, carajo.

* * *

La paila recibe al huachinango y Bruno
siente el chillido del aceite escurrirse por la piel.
Un chillido largo y doloroso: Como deben haber sido las reuniones en los toilets / en los paseos en avenidas largas / en la costanera de San
Sebastián / en los conciertos de rock / en bares
tumultuosos / ahí se pueden reunir los confa-
bulados / sitios donde confluyen los integrantes
de los comandos para planear los golpes / en-
trecruzar datos / vigilar cuartelillos policiacos,
o personas a las que hay que seguir… Daniela,
con la carita tímida, las manos temblorosas, escucha las órdenes. No pierde palabra de lo que
el hombre va diciendo con voz susurrante, remarcando algún dato con un gesto.

Las coincidencias de fechas dan pauta a
lo que él desde hace semanas viene acarreando:
El atentado contra el guardia civil corresponde
al viaje que ella hiciera en febrero. El asesinato

del militar fue en agosto y en ese mes, del 17 al 19 ella estuvo fuera de París. La explosión en la sub-central eléctrica se dio durante los días en que ella estuvo ausente durante un fin de semana. Esto lo más cercano, Bruno aún no ha querido meterse en fechas lejanas. Las coincidencias atadas antes que le llegara la idea de los baños como puntos de reunión clandestina.

Aquí en Saint André están el negro carajo y el grupo de ingleses que beben cerveza, afinan y reafinan sus instrumentos, pasan dos turistas sin prisa, cruza un vendedor de baratijas, se detiene una anciana con sombrilla y da tonos amarillos al paisaje.

Existe otra clase de gente actuando en paisajes diferentes: una mujer joven, de ojos verdosos escucha atenta la charla de un hombre cejijunto, cabello largo, de barba, de jersey hasta el cuello. El tipo, recargado en la orilla de una barra de madera —atrás el brillo de las botellas, los anuncios coloridos—, habla sin ser interrumpido. El tipo se nota cansado, hinchados los párpados. Parece dar órdenes. La mujer mueve la cabeza, ofrece con mayor claridad un rostro de actitud decidida. ¿Esa es la Daniela que Bruno quiere atrapar? ¿La que imagina?

Alrededor del hombre parlante otros fingen tranquilidad en medio de su silencio. Los olores del bar se espesan. Es una imagen que se mueve, que permite a Bruno mirar el entorno: Las siluetas contra una ventana que da a una población de rúas estrechas. A lo lejos, el verde de los montes. Las casas desperdigadas, con sus

techos rojos y la débil humareda de la chime-
nea. El aire mece las copas de los árboles, hay
una calma brava en ese panorama salido de no
se sabe dónde, que contrasta con el bullicio de
una calle parisina en que el ruido y el verano no
pueden tapar los gritos de un negro junto a la
acera donde en una mesa redonda, pequeña,
Bruno Yakoski busca juntar sus visiones con lo
que a su vez intenta reconstruir pese a sus des-
víos, a la algarada de ese sitio que él sabe como
el único en toda la ciudad en donde podrá hacer que la chica se presente mientras él cons-
truye siluetas, muerde el sabor de la bebida
entre los labios.

Y busca entre el pantanal de rutas cono-
cidas y las que intuye, no tiene otro remedio.
Entonces tira de palazos a una piñata que da
vueltas, se enreda, bailotea; unas entretelas vue-
lan igual a las hojas de las cebollas que dan sabor a los huachinangos de allá lejos, como si la
distancia entre México y Francia se fuera haciendo más lejana en el desfile de pétalos con
que se florea la tarde conforme avanza, y Bruno
Yakoski rompe una, los restos de la piñata por
el suelo, se desparraman cientos de peces, él se
lanza a cubrirlos sabedor de lo escurridizo de
sus cuerpos.

Gin tónic

Ahí está la tarde, igual a cualquiera de las tardes de los varios veranos que ha pasado en la ciudad, igual pero tan diferente que él no tiene la capacidad para medirla, ni concluirla, ni mandarla al infierno porque la tarde, siendo remedo, tiene un sello único, una desesperanza que le jode el alma y le ha permitido llegar a Le Marzet a eso de las cinco con el sol batiendo a todo aquel que quiere hacerle frente y él supone que son las cinco pese al brincoteo que trae en la cabeza desde que se bajó del metro, mejor dicho, del abatimiento desde anteayer por la noche cuando supo la noticia.

Se sienta, en seguida cambia su posición, el sol pega en los ojos, gira el cuerpo hacia el hotel de la esquina, con el mismo nombre que esta calle en donde al llegar él no tenía la menor intención de introducirse en su trajín, ni beber algo inusual como un gin tónic aun cuando escuchara a Daniela decir:

—El calor exige una bebida con hielo al borde —juntas las cabezas, tomados de la mano sin hacerle caso al camarero que espera la decisión de estos forasteros arribistas; la pareja se dio a la tarea de revisar la carte de vins hasta que Daniela, apartando la hoja de las manos, dijo en voz alta:

—Gin tónic —festejando el descubrimiento como algo más allá de la imaginación
de ambos.

Él también pidió gin tónic, serviría para
contrarrestar el calor intenso que a él lo obliga
a cambiar de sitio, en su misma mesa, pero con
una lineal perspectiva del hotel, cerca del movimiento de la gente que entra y sale sin fijarse
en nadie, menos en un tipo que cuida la bebida
para que el calor no le deshaga la glace. Carajo,
lo que Daniela diría al verlo ocupado por el frío
de una bebida pocas veces tomada. ¿Se iba a
quedar callada sabiendo que ella misma solicitó
el gin una tarde igual de calurosa? ¿Qué iba a
pensar al verlo medir la frialdad de un trago
pero con la decisión de meterse hasta el full en
los asuntos de ella? Él no define lo que Daniela
iba a decir, menos en lo que contestaría sobre
sucesos catalogados en un momento como cir-
cunstanciales pero dueños de una validez soberbia: el hombre apuñalado, por un instante
confundido con un clochard, que cayó sin queja
alguna, malhaya, a rayones aparece la cara de
aquel hombre al que le siguió la huella de los
ojos fijos en el rostro de Daniela, sí, sí, fue un
hilado de miradas como si el hombre estuviera
a la espera de poder entablar una conversación
cortada por la presencia de Bruno.

¿Sería un correo que llevaba instruccio-
nes? ¿Alguien cercano al círculo que Daniela no
abre? ¿La mirada fue la demanda de auxilio de
un simple ciudadano de París que jugaba con
el tiempo para que al llegar la noche se pudiera

refugiar en alguno de los albergues oscuros sin saber que una muerte inesperada le iba a adelantar los planes? En aquel momento no lo supo, pero hoy puede ver el ardor en la mirada del hombre segundos antes de que el golpe lo tumbara y la tensión óptica se disminuyera como luz de cocuyo al amanecer en el Golfo de México. El calor amortigua el pensamiento, se siente desmadejado sobre una hamaca, el sudor corre, la brisa del mar baja las tensiones, pero aquí no, el calor en París, los recuerdos fueteados llegan en parvadas eléctricas, no hay forma de evadirlos. Mira el hoyo de la sangre del hombre en el suelo y la razón por la cual supuso que la herida fuera producida por un estilete, siente el clima parisino que lo obliga a recorrer los hechos, no a olvidarlos como de seguro se daría en los portales del puerto veracruzano.

—Calor, calor, lo que se llama calor, en la costa del golfo, mijito, así que no se queje, sálgase a dar un paseíto, ya me cansé de verlo tumbado como si nada le importara.

—Sí, doña Licha —hubiera contestado su padre, don Checo, pero ya el hombre estaba muerto y era el hijo quien decía:

—Sí mamá —y se iba rumbo a su cuarto para fingir que tomaría un suéter y salir a la calle sabiendo los dos que no iba a hacerlo, sino se tumbaría en la cama a estudiar porque ese era el único terreno donde estaba cómodo.

—Ay mijito —escucha a doña Licha antes que él cerrara la puerta.

* * *

Debería ponerla en la otra mesa, y no cubrir la bebida con la sombra de su cuerpo, pero el mesero se llevaría el vaso en el momento en que él se descuidara, mira de nuevo al negro, no quiere que nada distraiga a Bruno Yakoski, mexicano, casi 32 años, un estudiante del doctorado en ciencias económicas que escucha, pero no lo distrae el sonido de la música de una tribu de ingleses que manotea y aplaude dos mesas más allá de la suya.

* * *

—Los franceses desdeñan a los negros, por eso ni se enteran de lo que este hombre está diciendo.

Bruno huele en el aliento de Daniela: una combinación de tabaco y chocolate.

—Si pusieran atención, es una historia heroicamente maravillosa —oye la voz de ella.

Ve las manos que aletean sin ninguna clase de adorno:

—Maravillosa —remarcaría la chica mirando a los parroquianos y a los turistas y sin señalarlos con la punta del dedo lo hace con las palabras:

—A estos tipos barbáricos sólo les interesa divertirse.

Los dos echarían la cara hacia adelante para captar las palabras del negro que rememoran el surgimiento de algo alrededor de 1936, de ciudadanos que arriesgaron su vida, que lo recordaran, no olvidaran esos años de dolor; las letras cuentan hechos aún no comprendidos por Bruno quien aguarda el comentario de la joven, más cuando por un momento cree escuchar el nombre de Daniela dentro del borbollón de palabras que dice el negro; es cuando la chica hace un movimiento para cubrirse ante la llegada del mesero quien recibe la orden de otro gin tónic.

Al dar la vuelta, Bruno pierde de vista y de oído a Daniela, así que jala los recuerdos atorados porque la calle misma los enturbia, o los bandea conforme el tránsito de la gente. ¿Fue el negro quien pronunció la palabra Daniela, o es la tortura del nombre que quiere aparecer en bocas desconocidas? No acepta que la historia del negro rompa su palpitar adquirido desde que a toda inútil prisa salió de la Cité Universitaire y abordó el metro para ir recorriendo esos espacios ruidosos de las estaciones sin intentar las trampas que entre él y Daniela habían diseñado para evitar los pagos.

—Los posibles —decía Daniela; hay algunos insalvables, por eso Bruno hoy no intentó usar las trampas, sería de irreverente imbecilidad repetir el juego que hacía con Daniela: escoger el momento adecuado para pegársele a cualquier señor que no iba a hacer comentario alguno porque una joven delgadita y un tipo medio despeinado se juntaran a él y así traspasar las barreras de esas puertas que imponen a los que no saben.

A Bruno le pesa la timidez, las trampillas frente a las puertas del metro lo hacen sentir delincuente, maldita sea, tiene que vencer ese eterno sonrojo ahora que Daniela no dirige la maniobra y él no la intenta, el gusto por los paladeos pícaros en la soledad se deshila a lo que sólo Daniela le sabía dar personalidad, él lo sabe, como que hoy llegó caminando con el nombre de la chica clavando puñetazos en el abdomen, pisadas en los ojos, los pulsos cerca de las tetillas tratando de recordar ¿desde qué momento Daniela ya no quiso seguir el juego de burlar la vigilancia y así no pagar a la entrada del metro? Quizá las órdenes eran bajar la presencia de la joven y así no tener el menor problema policiaco; no, eso no lo sabe con precisión, lo que sí sabe es que la actitud de la joven varió, no de un día para otro, cierto, pero pronto Bruno pudo percatarse que Daniela ya no intentaba las argucias tan disfrutadas durante esos meses en que ella siempre dijo:

—Las ciudades se conocen a pie y se viven a pie.

La puede ver, ella tiene la mirada puesta en la orilla del río.

—Los turistas de taxi nunca van a saber cómo es la ciudad si no han brincado la barrera de una estación.

Bruno andaba con el ánimo destruido para pensar en aventurillas jolgorosas. Tomó rumbo hacia Le Marzet, ese era el sitio, aunque ahí no había quien los conociera, si Bruno y Daniela eran soluciones entre líneas, retrasos normales, y aun con sus varias visitas al bar nunca dejaron su presencia en la risa con algún camarero, en una propina generosa, en escandalito retador, y cuando sucedió lo del viejo, antes de la llegada de los paramédicos, la pareja de mexicanos se confundió entre los mirones.

De llegar, lo que primero iba a hacer Daniela era averiguar cuántos tragos se había tomado Bruno y la razón por la cual bebía gin tónic. Después, preguntaría por la historia del negro. ¿Así iba a ser el orden de las preguntas, o es la colocación que él supone ella daría? En seguida, Daniela, sin quitarse el saco, lo iba a abrir. Bruno, de reojo, le miraría el leve calvero de los pechos. La mira y se pregunta: ¿De qué manera Bruno iba a contestar las preguntas que llegarían a torrentes? Quizá la chica lo llevaría a la broma o al silencio utilizando ese hablar suyo entre risas y no, entre agresiva y no, abusando de la palabra evidente. Quizá fuera así porque con la chica nada es seguro.

Posiblemente alguien interesado en Bruno podría hacer preguntas que aclararan la historia, pero en esta tarde, ¿quién desearía preguntar algo a un hombre silencioso, que bebe un mejunje infrecuente, que anda entreverado con la visión de una muchacha de ojos verdosos, de saco holgado que no se iba a quitar pese al calor? ¿Quién iba a hacer pregunta alguna? Quizá nadie, pero de ser cierto lo que él busca descubrir, entonces podrían ser muchos los inquisidores iracundos, y de ser así, las preguntas no se iban a formular con actitudes corteses, nada de eso, la policía en cualquier parte del mundo es ruda, no se anda con contemplaciones.

Varias veces mira hacia los extremos de la calle. Revisa a la gente que pasa, a los que toman bebidas en las mesas de al lado. Y se mete un largo trago de la frialdad del gin tónic, bebida tan poco acostumbrada por ellos dos, carajo, tiene que dejar de lado la posibilidad de ser aprehendido porque es infantil angustiarse por lo que aún no sucede, no, no por lo que sucede, sino por lo que ni siquiera está seguro haya sucedido.

Muerte súbita

Al mirar la superficie de la mesa, acepta que hay decisiones tomadas aun conociendo el costo de la equivocación. Bruno lo afirma: se juega con prudencia porque se tiene el tiempo necesario y el fin va acorde a la estrategia; pero ahora, carajo, la meta es el transcurrir y no la terminación, entonces, ¿qué carta debe jugarse en estos momentos?, ¿cuál medida aplicar?, esto le sucede a cualquier persona y se ha dado en la vida de él; lo que jamás ha sucedido es lo que está ocurriendo esta tarde. Malhaya, inusual es que el equivocado resulte ganador, entonces, debe meterse por los flancos donde lo obvio no sea lo general, como lo que Daniela contaba sobre lo sucedido en la estación Les Halles, extendiendo esa anécdota en lugar de hacerlo con las otras historias, las que Bruno intuye existen tras la mirada de Daniela, de esos ojos que lo miran iracundos cuando él trata de pedirle explicaciones de los viajes, de la personalidad de la Bleise, o por lo menos, de las llamadas telefónicas.

Ahí van los dos, caminan rumbo al restaurante de las italianas en la Casa Internacional de la Cité Universitaire, ambos llevan el ritmo en sus pasos: Daniela, con la misma vuelta y vuelta de la filigrana de los vestidos jarochos

—así lo cree él que camina igual que si no conociera el lugar, ahí, en aquel momento, fue cuando ella habló de la gare Les Halles. Bruno la llevaba del brazo, ella se zafó para relatarle parte de la historia que iba cocinando:

—Desmantelaron los puestos de chucherías para reparar la estación —Daniela marca las palabras en la puerta del edificio donde se sentaron en las escaleras sabiendo que adentro ella no podría ser tan descriptiva en la historia: —Les Halles quedó vacía —hizo una pausa, abrió los ojos y tarareando música que pretendía crear tensión y misterio: —Y así escuché aplausos, ¿qué crees que era?

—No tengo la menor idea.

—Yo tampoco la tenía, y más sorpresa me dio porque entre los aplausos se escuchaba un redoble: pan-pan-pan-pan… pan pan —repite Daniela…

En la Maison se sabía que Daniela era experta en los sonidos del metro, pero nunca, en el tiempo que llevaba de vivir ahí, ella había escuchado eso que parecía el botar de una pelota, que le recordó las sesiones de su madre cuando en la cancha de tenis del club alemán, allá lejos, tan cerca de Xochimilco, participaba en los torneos interclubes o en partidos amistosos.

—Escuché ese sonido de un juego de tenis.

Pero también, en aquel momento en las escaleras, Daniela platicaba de cuando se fueron a pasar una temporada a Alemania. Ella tenía apenas doce añitos y la responsabilidad de llevar consigo a su hermanita.

—Sólo porque mi papá es descendiente de alemanes.

Lo mencionó por más que Bruno la mirara a la cara recordándole: de los familiares no se tiene culpa; la germana presencia del padre de ella no le era agresiva, el padre de él fue judío y descendiente de judíos. Daniela sigue con el relato sobre los ruidos escuchados en Les Halles, ahora derivado en padre-madre-esposo nuevo, torneos de tenis-viajes primerizos. La joven habla de las canas de su papá, los tres matrimonios de él, la preferencia que el señor tiene por las muchachas jóvenes; de improviso, sale de las subhistorias y regresa:

—El sonido era el de una pelota, maravilla, un partido de tenis dentro de la estación, árbitro, redes, la cancha pintada, mamá se hubiera vuelto loca —frena la anécdota, mira al aire como si quisiera reproducir la escena, pero en lugar de machacar sobre ese insólito partido en una estación del metro, dice en voz alta: —Si en París se arma un juego en las profundidades de la tierra, se puede hacer cualquier cosa.

¿Se podrá hacer cualquier cosa? —se pregunta Bruno—. ¿Hasta dónde podría llegar esa cualquier cosa? —se insiste.

* * *

El relato de un juego de tenis en el metro sirvió de contraste con lo que Daniela ni siquiera tocaba de una manera tangencial: sus viajes a la frontera española, las cartas que recibía de Bélgica y los motivos de un decaimiento que Bruno observaría después de las ausencias no comentadas como si la barrera del silencio fuera un acuerdo inalterable, muy diferente cuando se refería a su familia, al amor por su hermana, a su padre alemán, a los gustos de su madre. Y al recuerdo de la familia de la chica, como si no quisiera quedarse de lado, a paso lento entra a la calle la figura del padre de Bruno Yakoski, avanza por el centro del arroyo, no hace caso a los autos ni al calor; don Sergio, a quien doña Licha llamaba Checo, entra, saluda con la ceremonia que él solo sabe dar a un cumplido común y corriente, y dice en voz alta pero no agresiva:

—No soy de ramaje judío, soy judío —después alza la cara, mira para todos lados y pregunta sin ver al hombre que solitario está sentado frente a una mesa pequeña: —¿No has visto por ahí a tu madre? —sin esperar respuesta, hace otro envarado saludo con el sombrero y desaparece de escena.

Pan pan, y Daniela le aprieta la mano / pan pan y al hacerlo mueve la cabeza / pan pan, va imitando las caras de los que miran el partido de tenis / pan pan la gente carga sus paquetes / pan pan tienen semblantes aburridos pero siguen detenidos allá abajo, dentro de la estación / pan pan, así son estos parisinos / pan pan, sin aparente sorpresa aceptan un juego en las profundidades de un sitio que alguna vez fue mercado / pan pan, de donde sacaron ratas enormes alimentadas con el bastimento parisino, animales que Bruno Yakoski dijo haber visto colgados de unas trampas, disecados, decorando un aparador a un costado del parque construido sobre el mercado derruido, muy arriba de donde Daniela vio el partido de tenis y traslapó a su madre con los jugadores.

* * *

Él había avanzado hasta salir a la calle y caminar por la rue Dauphine. Desde la esquina vio el hotel, enfrente el bar y las mesas, redondas, pequeñas, apretadas en ese retazo de acera náufraga en la ciudad. Se sentó y luego de una leve ausencia, cortada por la voz del mesero, pidió:

—Hummm, déjeme ver… un gin tónic con mucho hielo.

Cambiarse de sitio para que el sol no agreda, escucha, sin querer hacerlo, de eso está seguro, los gritos de un negro de calva brillante, con traje, saco y corbata, indumentaria a contrapelo a un París que se derrite de calor. Un negro dentro del campo de visión de Bruno Yakoski, hijo de judío y jarocha: dos jotas, como la tonada española. Dos jotas: de un judío incompleto y una jarocha que, con diente de oro, siempre lo fue completísima.

—Evidentemente —habría dicho Daniela si él se hubiera atrevido a hacer esa afirmación en voz alta.

* * *

El negro menciona algo sobre la mentira que significan las fronteras. Grita para seguir con una relación de hechos que Bruno no sabe si sucedieron o está inventando. El tipo extiende la mano a la tarde derramando los dedos contra el perfil de los edificios sin en apariencia hacer caso al júbilo de algunas mujeres ¿yanquis, alemanas, italianas? que colman de gritos la calle movida por vendedores de juguetes / ciclistas / señoras con la bolsa de la compra / niños de pantalones cortos / turistas de paso lento / músicos embebidos / señores calmos. La gente parece desear que ese día no termine. El calor solivianta actitudes, reclamos centellantes de un negro que mira de reojo a Bruno Yakoski, quien a su vez lo mira de lado, como de seguro Daniela lo haría, analizando las palabras, dándoles sentido dentro de la historia al tiempo de amalgamar con retazos de otra historia, la que Bruno otea, la que Daniela, sonrisa marcada apenas en un par de líneas, vestida con ropa deslavada y cargando una maleta azul que le doblaba el cuerpo, tejió desde su llegada a Francia.

A partir de ese instante Daniela lo atrapó, lo acepta, volver al síndrome del avestruz sería retroceder sin poder escapar de esos lapsos de torpeza que no lo han dejado avanzar, sin fuerza para meterse al fondo de su alma por estar prendida en un amor carajo; así son las pasiones / carajas a la hora de sentirlas / carajas a la hora de medirlas / carajas a la hora de verlas ir... y de nuevo ve a Daniela, llega salida de otra tarde, con el peso de la maleta doblando un cuerpo inhábil; la joven camina y él, detrás del mostrador, la mira y siente la sacudida en las tripas, como la está sintiendo en este momento en que la ve, ninguno de los dos quiere hacer el menor movimiento, calculan lo que hay que decir y decirse, y entonces, en medio de ese estático instante / el pan pan regresa / ambos juegan una partida en las profundidades del metro, la verdadera muerte súbita se llevará a cabo en otro partido: el global, el que ocurre en las ciudades / en la frontera / en los sitios oscuros de la vida / en las rúas tortuosas / en los olores de la sangre / en los estallidos de las balas / pan pan / teniendo como réferi a un negro mugroso que no ha cesado de decir zarandajas; ese es el torneo que hay que ganar aunque se sepa que aquí ganando se pierde, aquí, en Saint André, donde las generalidades se esfuman a la velocidad con que el hielo se deshace dentro de su vaso.

Otro trago

El vaso largo y la luz vespertina juegan a los esquinazos, una luminosidad que a Bruno le permite seguir revisando la historia a través del líquido oloroso rebajado con la tónica, como debe ser el gin tónic, y así lo mira en las islas cada vez más reducidas de los hielos. En un efecto de las películas mexicanas en blanco y negro, el líquido hace un remolino: un girar de aguas donde naufragan situaciones, voces, rostros y hojas del calendario; Bruno ve el remolino mientras se enfrenta al gin tónic, una bebida casi nunca tomada en las habitaciones de la Maison du Mexique, y no porque no la conocieran, supo de esta desde el tiempo de los viajes con sus padres junto a las olas de Mocambo, cuidado, cuidado, el economista no puede revolver su historia con el presente, sabe que al referirse a eso de: no la conocieran, pensaba en Daniela y en él mismo. En las reuniones los estudiantes no acostumbraban beber algo complicado, dificultoso es tener para vinos baratones, más conseguir los elementos del gin tónic: ginebra que no haga tronar la cabeza, cáscara de limón, vaso de vidrio, botellín de tónica y hasta el mismo hielo. Esos y otros sabores se diseminan en el paladar hasta enredarse en una confrontación contra el inevitable tequila que era parte de la bienvenida cuando algún novato llegaba a París apretando su paquetería como si de un tesoro se tratara, carajo, llamarle tesoro a esas minucias,

...bebían tequila recién desempacado, acompañando a las otras "joyas del tesoro" llegado de México apenas unas horas antes: chilitos en vinagre, tortillas hechas en los molinos de allá aunque supieran a nixtamal revuelto con olote, latas de menudo a la sonorense, frijolitos charros...

Los novatos mexicanos miraban a la gente de la Maison como seres de otro mundo, con discreción hacían preguntas y no se cansaban de curiosear el sitio dónde vivirían por lo menos un semestre; Daniela arriscaba la nariz y de inmediato decía:

—Ahorita están en la etapa de argüenderos, después llegará la de soberbios.

El remolino del vaso de gin tónic se convierte en una cámara fotográfica, Bruno aprieta el obturador en cientos de instantáneas, las va amplificando conforme las toma; con el clic-clic de la exposición, en una o varias de ellas queda la forma de la boca, la manera que Daniela tiene de abrir los labios e irle dando redondez a las palabras. Escucha, distorsionada en los labios sin pintura, en esos labios fotografiados, la palabra argüenderos, a la que ella poco recurre pero siempre aplicada a los recién llegados a la Maison de México. Jamás la usó para los que viajaban de regreso de unas infrecuentes vacaciones en México, o de esos temibles peregrinajes que obligaban las circunstancias: beca hecha humo en los papeles de alguna secretaría de estado; mecenas caído en desgracia; los malditos y eternos recortes presupuestales.

La palabra retratada en tomas instantáneas: argüenderos, es utilizada por Daniela ante la llegada de quien estaba ahí por primera vez cargando tequila y comida como ofrenda a los parisinos que el nuevo suponía ávidos de sabores machos. Tanto Fentanes como Moraima, que ausente de sus trovas se daba a mirar a Daniela como si estuviera a punto de descubrir alguna historia, Bruno y algunos amigos más, iban marcando las acciones del recién llegado, igual que si leyeran en un guión archisabido la manera en que se iba comportando el nuevo habitante de la Maison.

—El tipo se cree elegido por la mano de Dios, pero está que se muere por integrarse, así son todos estos argüenderos; integrarse a ese mundo que se abre con una feroz novedad: el recién llegado, usando con mayor frecuencia los acostumbrados diminutivos, invitaba tequilita, lo hacía con una suntuosidad sumisa, aunque ya Daniela, Moraima, Fentanes, Bruno, y por supuesto los demás veteranos: Arminda, de Tuxtla Gutiérrez, Rafael Hinojosa y Chela, de Monterrey, Aldaco, de Sonora, Nacho García, del Distrito Federal, entre los más conocidos, supieran que no siempre esa primera amistad perduraría.

Daniela y Bruno aceptaban la invitación a beber tequila sabiendo que Moraima, sin soltar la copa, con los ojos cerrados danzando por la habitación, azuzada por las demostraciones de gusto de Daniela, iba a cantar al Grijalva: no cortes esas flores cual blancas mariposas…

—Se mueve con el calor de la selva —se oye la voz ¿de quién?, de Daniela, de Hinojosa que callado y todo de vez en vez suelta su admiración por la tabasqueña, la de Fentanes que al calor de los tragos, del Hornitos o del Herradura, irá a trocar sus miradas alegres en oscuros rayos dirigidos al mismo tiempo a Daniela y a la tabasqueña mientras los demás estudiantes echarían gritos de mariachi tránsfuga, vivas a México, hablando español con hartos giros de lenguaje localista y se chupaban limones mexicanos, pequeños y jugosos, de bello color verde, esos que no se pueden igualar con los de París que desguazados bailan dentro de su gin tónic y son grandotes pero sin chiste, aptos para adornar otras bebidas, pero no como la necesaria segunda que el tequila bravucón requiere, ni tampoco para darle gusto a los mariscos, a los calditos quita crudas, a los mangos medio verdes y a las jícamas con chile piquín, a nada de lo que en París no se consigue.

El recién llegado, al calor de los tequilitas, trataba de demostrar que su aún aturdida salida de México le permitía dar nuevos panoramas: chismerío fresco / opiniones políticas / resultados deportivos / escándalos financieros / opiniones de expertos que los demás escuchaban algunas veces en silencio.

—En París —sentencia Daniela— México está cosificado y crucificado por las noticias tremendistas y la heladera del internet.

Como si la internet fuera un sueño, en los corrillos de la Maison se armaba una charla circular donde el novato recién llegado opinaba de hechos y chismes hasta que el deslizar de los temas conformaba otros: desde los posibles candidatos a la presidencia de la República, los cambios en las visiones de la política y de algo señalado como solidificar la democracia, hasta la mistificación de la comida mexicana sin olvidar los nuevos nombres aparecidos en las páginas de los diarios, más bien, en la de los noticieros televisivos,

—Que son la nutriente de la dejadez —marcaba Daniela cuando alguno de los argüenderos se trepaba a la palabra sin prestarle a nadie el micrófono.

* * *

El remolino del líquido del gin tónic que Bruno bebe en Saint André des Arts le dice: cóctel infrecuente en la Maison donde se bebía vino, en ocasiones del mismo pico de la botella, reuniones pequeñas, los infaltables, entre ellos Fentanes, con esa como furia interna a punto de explotar, y Moraima que al primer sorbo fruncía los labios semejando el ruido de la brisa, en seguida entonaba Las Blancas Mariposas y no paraba de mover las caderas, hacía muecas que pretendían ser eróticas, lo que divertía a Daniela, que la provocaba para que la tabasqueña repitiera su actuación en esas reuniones pequeñas, cierto, él bien lo sabe:

—No es por elitismo trasnochado —como Daniela dice—, sino por el tamaño de las habitaciones:

Con el dedo dibuja sobre la mesilla de Le Marzet la distribución de la vivienda: a la derecha está un lavabo y un mueble que igual puede servir para colocar libros, para poner ollas, o de ropero, cada quién lo usa de acuerdo a sus necesidades, aquí se debe funcionar con lo menos y estirarlo al máximo.

—Evidente, si en París se quiere vivir como turista, el fracaso es inmediato.

Se escucha la voz de la chica: tranquila, lenta, la que usa en sus días de calma y de recuerdos familiares:

—Eso mi papá nunca lo ha entendido, cree que París es igual a México —Daniela lee lo que va escribiendo al tiempo que comenta sin que Bruno sepa cuándo es una cosa y cuándo la otra porque no levanta los ojos del papel. Están dentro de la habitación de la chica, en el set six, y mientras la joven escribe, Bruno, sentado en la cama de ella, la observa junto a la silla de Oaxaca.

La deja escribir sin interrupciones, atento a lo que en ocasiones Daniela platica sobre el texto, o diciendo algo para complementar lo escrito, pero que por alguna razón no quiere comunicárselo a su madre, a Lety, a doña Lety, como Bruno la llamó invariablemente. De pronto, como si un rayo le hubiera tocado los deseos, la chica levanta la cara y hondo mira al economista.

—¿Hasta dónde eres capaz de guardar un secreto? —susurra ella.

—Hasta donde tú me lo digas.

Ella frunce los labios.

—¿Y si el secreto es muy grande?

—Los silencios también pueden ser grandes.

Ella lo mira, mete los ojos como midiendo la posibilidad de decirle algo tan magno como su duda.

—Lo enorme pesa.

—Si se comparte, pesa menos —él le acaricia las manos.

—¿Tendría la seguridad de un silencio inviolable?

—La seguridad existe mientras uno crea en ella —y soltó la mano.

Ahora, en este momento en que el remolino de las películas mexicanas dentro del vaso lo lleva hacia puntos varios dentro de la tarde calurosa, y lo sucedido le retuerce la tristeza, en este momento, Bruno sabe que cuando ella preguntó sobre guardar un secreto enorme, él debió haber insistido / acosado / presionando a tal grado que ella no resistiera el agobio, pero como contestó con parsimonia de galán seguro de sus dotes, ella movió la cabeza y abandonó el camino de lo que empezaba a soltar; ve la cara de la chica alzarse del papel y mirarlo a él, o a la pared, adornada con las reproducciones de Monet, escucha a Daniela hablar con esa voz danzando sobre las mesillas del bar Le Marzet, vibrando en la vibración de la calle, sobrepuesta a la permanente del negro y a la música que sale de los bares cercanos y que regresa hasta el set six de la Maison du Mexique en la C.U., es decir, a la habitación de ella, él lo sabe y aun así insiste en centrar el momento en que ella repite:

—La primera vez que me visitó mi papá, vino acompañado de Estela —lo dice con la misma entonación que si fuera una noticia recién descubierta, cuando ambos saben que los dos fueron testigos y actores de la visita del padre de la chica: don Ricardo, como Bruno le dijo pese a saber que el hombre gusta más de que le llamen Richard, no Ricardo.

—Don Richard se escucha fatal, en español es más acorde el don.

…y al decir la palabra, español, los dos sabían que Betín había sido convocado a la conversa pese a no ser requerido, y que Betín siempre marcó que él era catalán y no español, aunque también se autonombrara madrileño, así es, así lo escucha en Le Marzet con el calor que azota desde el cielo, bebiendo gin tónic, sabiendo que cuando a Daniela la acorralaban las nostalgias bebía vino y hablaba sobre su hermana Mónica, rubia, más alta; recordaba pasajes juveniles, discusiones sobre juguetes y lugares de paseo. Después se daba a escribirle largos mensajes jamás comentados, pero sí algunos fragmentos leídos en voz alta, en especial cuando lo que escribía era a doña Lety, carajo, la idea se escapa, en este momento se entrevera la voz del negro poniendo musicalidad a un papel y a un sobre que como parte de una escenografía móvil ondean sobre la mesa que ocupa Bruno, éste no puede menos que traer al presente lo que la chica recibía con frecuencia. Ve los sobres, el nombre del remitente. Apellidos franceses, nunca hispanos. La mayoría de las cartas llegaban de Bélgica; Bruno, a poco, supo que esas cartas, así como las llamadas telefónicas, cambiaban radicalmente el humor de la muchacha. Alguna vez se atrevió a preguntar sobre la identidad de los remitentes y ella, sin cambiar la charla, alzó la cabeza mirándolo de muy adentro como si quisiera advertir que esos eran sectores vedados, diciendo un seco:

—Olvídate —y el rostro se le talló en madera.

…¿quién carajos tiene el don de olvidar sólo con proponérselo?, ¿cómo marginar lo que se quiere sellar por decreto?

De nuevo ve a Daniela, entre bocado y bocado habla, están en el restaurante manejado por unas italianas; ahí están los dos, ella dice:

—Mi mamá supone que todos los estudiantes en París están flacos —al decirlo entrega los platos a las italianas, una de ellas, la joven, ríe con el economista. La risa, las risotadas, las carcajadas, las sonrisas, por lo estrecho de la acera de Saint André se conjuntan a un risueño coqueteo con una de las italianas del restaurante.

Antes de darle otro jalón al gin tónic, con claridad Bruno puede ver las bocas pero no puede definir las demás partes del rostro de las mujeres como si el momento fuera llenado con la dentadura risueña del gato de Alicia en el País de las Maravillas, girando todos, los recuerdos, las verdades, las entretelas y los personajes en el cinematográfico remolino de sello mexicano, formado y deformado dentro del gin tónic que marca la tarde.

Estatuas negras

El olor a cerveza rancia, frituras y sudor se va limpiando del aire en la calle de Saint André, los humores duros cambian por una fragancia a flores y grandes árboles. Daniela y Bruno, tomados de la mano, caminan despacio, regresan a la Maison de México por los campos donde se asolean las alemanas. Daniela sigue con la cantaleta de la hermana como si ese asunto fuera utilizado para no dejar hablar al hombre, o para no pensar en otras cosas:

—No entiendo por qué Mónica dejó la casa de San Ángel —la voz de ella es suave, Daniela ubica el lugar cerca del bazar del sábado, él piensa en ese sitio y no puede centrarlo, si apenas lo conoce.

—Para cambiarse a la colonia Juárez —dice la chica como si ahí mismo le pudiera reclamar la hermana... alguna razón personal de Mónica, los pleitos con el papá, la influencia de doña Lety...

—Es mucho mejor vivir en el sur de la ciudad de México que en la Zona Rosa, un híbrido, sólo los rateros se entretienen —y relató que Lety le contaba de la juventud de la señora: en aquellos años, la Zona Rosa era el sitio preferido de México, pero para Daniela ese lugar siempre fue algo como de chiste, y cuando lo visitó, el año pasado, el barrio era como una letrina en multi-idiomas:

—En nuestro país —comenta deteniéndose frente a una alemana rubia que en corto-corto bikini se asolea y quizá así probarle a Bruno que sus palabras son más fuertes que el cuerpo de la germana—... En nuestro país —en la mesa del bar, Bruno escucha el silencio entre palabra y palabra— se le inventa una segunda a la segunda: comparar el Barrio Latino de aquí con la Zona Rosa de allá, Jalapa a la Atenas mexicana, Xochimilco, la Venecia del D.F., el himno nacional francés el más bello, pero el segundo lugar lo ocupa el mexicano.

De reojo mira a las alemanas sin pizca de grasa, las nalgas duras como peñasco, los vellos rubios en las axilas, y entonces se mete a la calle, absorbe sus ruidos, mueve la cabeza para desprenderse de la imagen de las teutonas y con ello la voz de Daniela se frena; Bruno tiene dinero para beber muchos gin tónics, la casi noche no importa, la glace enfriando el calor, nadie podrá apartarlo de su aventura, del dolor inamansable por más que otras figuras y anécdotas traten de retirarlo de ese sentimiento clavado en el abdomen aunque las palabras del negro en ocasiones lo sometan a visiones no suficientemente pisoteadas para regalar alguna clave.

Regresa a la visión de las alemanas semidesnudas y con ello a las preguntas: ¿No existe el hecho de saber que al llegar de uno de sus viajes Daniela se estuvo en cama varios días comiendo de las pocas cosas que el refrigerador contenía, y habló por teléfono con Bruno para dar excusas y disculpas? La fecha: el 14 de agosto, y fue el 16 cuando salió la nota sobre el asesinato del Concejal en algún pueblo del País Vasco. ¿No existe la noche cuando Moraima la tabasqueña informara que unos hombres muuuuy extraños habían visitado a Daniela por varias horas? Él interrogó a Moraima sobre la etiqueta de muuuuy extraños que le colgaba a esos hombres.¿Cuántos eran? ¿Qué deseaban? La tabasqueña dijo que eran tres, vestían como pasados de moda y hablaban un francés raro, como si fueran suecos o rusos, para terminar con: no cortes esas flores cual blancas mariposas… Tarareando y preguntando por la salud de Daniela.

* * *

Bruno Yakoski, mexicano pese al apellido, levanta la cara de lo circular de la mesa, escucha al negro insistir sobre alguna guerra inacabable. Acepta que esa información tasajeada poco serviría para contestar algún cuestionamiento que Daniela pudiera hacerle. Él sabe que la muchacha no se iba a quedar con pasajes vagos, con interpretaciones subjetivas, con datos sin marco referencial; ella interrogaría hecho a palabra a detalle; él clava la mirada en la figura, ve una dentadura incompleta, trozos de dientes carcomidos, el hombre mueve el cuerpo, ritmea las manos, diferente a como lo hacen los

latinoamericanos, como él mismo habla, porque Daniela dijo:

—La fuerza de los hombres no se da con
fuegos artificiales.

La mano izquierda del negro es sostenida
contra el cielo, la derecha hacia el suelo para ba-
lancearse en la casi noche y por alguna razón a
Bruno le recuerdan las estatuas del parque de
las Tullerías tantas veces recorrido solo, con Daniela o con los amigos o los familiares de ella,
con don Ricardo, como le decía al padre, y con
la señora Estela. Daniela habla con un Bruno
sonriente, dispuesto a servir de Cicerone, a
cumplimentar un círculo archisabido: la Torre;
el Moulin; el paseíto por el Sena; Notre Dame;
Sacre Coeur; y por supuesto el Louvre, con su
machacón recorrido por las Tullerías, y ahí es
donde están las estatuas, las figuras de piedra, y
una o dos se asemejan a la forma en que el negro extiende los brazos, mueve los dedos, los
arma en conjunción de gusanos, los estira y
afloja al vaivén de sus palabras.

Ni siquiera los músicos ingleses se atre-
ven a tocar más intensamente sus instrumentos,
los británicos parecen estar de acuerdo con el
negro entonando melodías como apoyo al hombre que de tanto repetirse asemeja a una foto.
¿Por qué Daniela nunca mostró alguna foto de
sus viajes? ¿Por qué las personas cuando viajan
toman fotos y Daniela no? Según ella, los turistas a los que tanto desprecia, todos, toman fotos. Entonces, ¿los viajes de ella no eran
turísticos?

* * *

Bruno pide otro trago, alza la cara para ver los pisos del hotel. En las habitaciones las luces aún no se han prendido. La gente se asoma por las ventanas, miran hacia la profundidad de la calle, ¿observarán al hombre solitario sentado frente a una mesilla redonda que sostiene un vaso largo, un cenicero y unos cigarrillos, o estarán mirando a un negro que desde el arroyo vocifera incoherencias? ¿La gente de arriba intuiría también los penares que Bruno carga, o sólo se asoma a participar desde lo alto en el jolgorio de esa tarde-noche de verano? Las mujeres mironas deberían bajar todas en tropel y ayudarlo a poner en orden la baraja, a descifrar los mensajes, carajo, será porque entre mujeres es más sencillo que los pensamientos se hagan claros.

* * *

Él, que poco fuma, fuma. Él, que le reprochaba a la joven que hiciera falta lo que faltara nunca iba a dejar los cigarrillos, costosos, porque no es lo mismo allá que aquí, los de allá forman parte de un gasto mínimo, los de aquí quitan fragmentos de supervivencia, artículos de lujo.

—Un pequeño vicio, yo ni siquiera como en exceso —dice ella y al desgaire se revisa el cuerpo, delgado, cierto: no es una flacura enfermiza, era la delgadez de un cuerpo joven, eso es todo, jamás para que doña Lety se preocupara:

—Come, si no, te bajan las defensas.

Y eso que doña Lety no veía a su hija regresar de alguno de sus viajes. De poder hacerlo, aterrada, hubiera observado a una Daniela pálida, con las ojeras pintando manchones, con los ojos verdes saliendo de su propio color. Una muchacha que, como los gatos de madame Bleise, se largaba a esos recorridos que felinos y Daniela hacían cuando voces lejanas y extrañas a la Maison penetraban a zonas privadas.

* * *

El humo del cigarrillo pica los ojos; prende otro, quizá la humareda llegue hasta ella, envuelva al zoo, a las gacelas, recovecos junto al río, determinados puentes, cien plazas, estaciones del metro, bulevares, y de un tirón plantarla —fumando y con la chaquetilla roja— frente a la mesita redonda de Le Marzet: Ella pregunte por el hombre negro. Lo que se ha perdido del espectáculo. Por todo aquello que no ha visto en esa tarde calurosa de verano. Hay que poner el escenario, avisarle a la gente, mirar si el camarero anda cerca para que Daniela se plante en el foro sin traba alguna, mirando con esa humildad tan penetrante en cada ojeada pudiera llevarse las imágenes y el ánima de los que la rodean: Un segundo después de que Daniela mire con ojos de periscopio y tome asiento, él acariciará su mano, le arreglará el cabello que se escapa por la frente, dirá: la tarde ya se hizo festín, y después, comentará primero sobre la grosería del camarero, en seguida iba a hablar del calor que no cesa, casi al tiempo de relatar otros detalles; mirando hacia ellos, comentaría algo de la música de los ingleses, así como de los demás sucesos, en especial de la perorata del negro, de donde creyó, qué extraño, escuchar el nombre de la muchacha.

Hará una pausa para en seguida pedir otro gin tónic para la chica. Con mucho hielo. Después del segundo o tercer sorbo para que ella se sienta a gusto en el escenario, Bruno prenderá un cigarrillo para ella, le dará un informe sin que detalle alguno se escape, y abriendo los brazos para mostrar la calle relatada a trazos, y como dando por concluida la visita a Le Marzet, al fin y al cabo Daniela ya es dueña de la situación, la invitaría a beber vino en la soledad del cuarto de ella, la cama de ella, cerca de los libros de ella, de las reproducciones de algún impresionista y quizá, ¿por qué no?, llegaría el momento preciso de hablar sin ninguna vergüenza: decirle que desde siempre la ha amado, echado de menos como un loco en Saint André, donde estuvo pendiente de cada suspiro de la calle para después relatárselo. Y ya entrado en la verba, con la ayuda de los gins, le dirá de su amor inmenso, y que si nunca se ha atrevido a decirlo con ese desparpajo, marcando bien las tintas en cada palabra, es por temor a que ella alce los hombros desiguales y recalque:

—Es evidente que los tragos te hacen hablar de más.

Sabe que si ella apareciera no la dejaría hablar, le contaría lo más que pudiera, inclusive lo de Lorena y si le decía eso, era por la intensidad de su amor ¿alterado por los gins?, quizá fuera necesario remarcar una pasión del que ninguno dudaba; enseguida, como pieza toral, preguntar sobre sus actividades en la frontera, específicamente en el País Vasco: territorio de doble nación / de ojos penetrantes / de fríos intensos / de mujeres sin afeites / de hombres fieros / del verde blanco y rojo, como los colores de la bandera de México / de escudos y retumbar de armas / de rías rápidas / de balazos en la mitad del silencio callejero / de seres tumbados en los arroyos o en las aceras adoquinadas.

Todo eso que envuelve a la chica desfilando en la misma neblina que cuando escribe cartas de las que sólo ella sabe su destino, ella sólo y no él, que sigue mirando a una estatua negra como es el color que carga en sus pulsos.

Indiana Jones

El grupo de los ingleses apostados frente a unas mesas de Le Marzet bebe como beben los ángeles isleños. Los tipos cantan la misma / la misma / la misma melodía, y debido a esa obviedad, y pese a las palabras de Bruno tratando de captar la atención de la chica, Daniela los miraría por unos momentos con su gesto confundido entre fastidio y desdén, y en seguida, desde el fondo de la voz, llamaría a eso:

—Cantaleta —sí, cantaleta porque es algo que sigue y sigue, pero igual lo diría en otras circunstancias sin denotar ira aun cuando fuera ostensible que al decir: —Cantaleta —algo andaba repiqueteando el disgusto, como cuando ella usó lo de cantaleta remarcando la palabra frente a las razones que Bruno daba para no asistir aquella tarde a la librería después del hosco silencio que se dibujó tanto en la palabra como en el ceño de la chica ante la pregunta que el economista hizo acerca del viaje de ella.

—¿A dónde fuiste?

Y ella dejó caer una de esas miradas que hacen que el preguntón se quiera tragar las palabras aunque tenga muchas ganas de escuchar la respuesta.

Ahora no frena ni el momento ni la palabra cantaleta, la voz de los ingleses se va diluyendo en el ruido leve de las pisadas que transitan por alguna parte de la ciudad en donde Bruno hizo la pregunta, porque la fecha, la precisa, fue en septiembre, y el cuestionamiento lo hizo muy cerca de la Porte d'Orléans, quizá; Bruno trata de ubicar el sitio, quizá fuera muy cerca de la Porte d'Orléans. Claro que sí, ahí era. Bruno puede conformar una lista de palabrejas usadas por ella, la encabeza evidente o evidentemente, pero esa, evidentemente, no es la única, cierto, la más utilizada, pero ahí estaba también la de argüenderos con que definía a los recién llegados de México. Cantaleta, cuando él argumentaba algo para no ir a determinado sitio. Ella dice otras como chula, cuando le habla frente a frente a su madre. Infernal, cuando algo la asusta. Rabioso cuando quiere decir furioso, dando a la palabra la intensidad de ladrido de perro. Por eso sabe que ella le dijo:
—Cantaleta —mientras caminaban rumbo a la Porte d'Orleans.

* * *

¿Cantaleta también serán las casualidades que atan los viajes de Daniela con los actos terribles sucedidos en Irún, Bilbao o Álava? Una casualidad se acepta, se sospecha y se acepta, ¿pero varias? Una circunstancia puede marcar señales confusas, ¿pero varias? Fentanes, con la mirada sobre el cuerpo de Daniela quizá reco-

nociendo espacios ya transitados, con el sonido
de la sonrisilla medio gangoso, duplicada por
un ruido nasal con que remarca lo que él supone importante, siempre dijo no aceptar las
coincidencias:

—Amigos, de casualidades está asfaltado
el freeway hacia el cataclismo.

Y Bruno está enredado en las casualidades que lo han sido todo desde que conoció a
Daniela y se sintió genuflexo ante la oscura vi-
talidad de ella; lo sabe, lo acepta, lo confiesa y
esa humildad se rebela ante los hechos de esta
misma mañana, ante la lapidaria imposibilidad
de localizar a doña Lety, la señora no contestó
las llamadas telefónicas y el economista no sabe
si la mamá se marchó a Santillana del Mar o
está en otra parte, y la ausencia de don Ricardo,
la marcada lejanía de la hermana; que a él lo
hubieran dejado afuera del dolor familiar, como
si Bruno Yakoski no existiera, no le es agradable
pero puede entenderlo.

* * *

Bruno escucha sus pasos, lo siente en las
piernas: ¿iban a la Porte d'Orléans? De haber
sido así, entonces la pregunta fue:

—¿Qué tal el viaje?

Sólo así, el viaje, sin decir tu viaje y a
dónde. Bruno no tenía idea del sitio por ella visitado, pero sí sabe de los tres días de su ausencia porque los contó cada uno a horas. Él
miraba del lado contrario a los edificios, iban

por la acera que separa el bosquecillo de la avenida. Ella en silencio. Bruno siente el olor de Daniela, se lo acerca el viento un tanto frío pero no agresivo, ve los hombros de ella, un poco caídos, huele el cigarrillo de Daniela y ve sus propios zapatos cafés que no rechinan pese a la suela de goma, que lo llevan en un pisar alado hacia la Porte d'Orléans y ella entonces dijo:

—Es la cantaleta de siempre, ¿eres tan torpe para no darte cuenta de lo que me agrede?

Van tomados de la mano, vuelve a sentir la de ella un poco rasposa, las aristas de los huesos, lo frío sin sudor, a Daniela no le sudan las manos. ¿Le sudarán en aquellos momentos de las definiciones y los terrores cuando estaba a punto de colocar el artefacto, o al disparar con la Parabellum? Carajo, ya está etiquetando. Terco en admitir lo que no determina. Daniela ya juzgada por él sin que nada se urdiera en su defensa. Tiene que ser menos serpenteante para que al llegar a la conclusión ella obtenga el papel que le corresponde y no el que Bruno oscila en los planos que un director de escena ha desplegado sobre lo redondo de la mesilla, arriba de sus angustias y las suposiciones. No, no deben existir los supuestos, tienen que ser los hechos los que determinen, sólo ellos.

La muchacha se desprendió de la mano de él, repite que las torpezas entre las parejas son como tumbas.

—¿Como tumbas? —él oye su propia pregunta.

—Si, ahí termina todo —dijo ella sin mirarlo.

* * *

Daniela va con la cabeza hacia el suelo, caminan lento, hablan en voz baja, así él la escucha frente a la mesa redonda de Le Marzet, trepado en esa desazón, como si de pronto la joven se esfumara para dejarlo de nuevo solo como lo estaba en esas largas y aburridas sesiones en que por ganar algunos francos extras Bruno tenía que trabajar de recepcionista en la Maison du Mexique.

Pero lo que nunca le dijo, y siempre siempre le pica en el desasosiego no sólo en esta tarde calurosa de Le Marzet, fue la impresión que tuvo al verla llegar por primera vez: ella vestía unos jeans al parecer más grandes a su talla. Delgada. Con el cabello corto, con la sonrisa medio ida, medio borrada.

Al captarlo de nuevo, Bruno se dio cuenta de lo que nunca dejó de sentir: la llegada de Daniela cambió la visión de él, hasta entonces marcada por horarios estudiantiles y reuniones con gente de América Latina donde todo era igual, los mismos chistarajos, los chismes redondeados por la repetición, idénticas nostalgias y los similares posibles destinos al regreso a sus países.

Sin dejar que ella hablara, Bruno comentó con voz que sintió firme aunque no fuerte:

—En un par de horas estoy libre y si quieres te puedo ayudar a que descubras la Maison, porque, mira, no es sólo el sitio...

...no, qué va, con el tiempo cualquiera cree conocer a los sitios, pero no, porque lo importante tiene sus vías secretas y así estar al tanto de los enredos, los murmullos, los trucos, la calidad de cada uno de los estudiantes, sus filias y fobias, las debilidades que permiten ventajas, los contactos, la historia de cada uno de los habitantes, los ardides y los atajos...

—Los detalles de que está llena la vida aquí —remató Sergio mirando a ambos lados del pasillo para ver si no llegaba alguien de los amigos, Moraima, Fentanes, Hinojosa, Aldaco, y se extrañara que Yakoski, tan callado y timidón, estuviera dando detalles importantes, y no dejar, como es casi regla, que el recién llegado sufragara el noviciado, a diferencia de como Bruno hizo frente a una delgada joven que seguía parada junto a la administración, escuchando al hombre alto, parecido al que sale en Indiana Jones, tiempo después le comentaría:

—A Harrison Ford —dijo mirándolo fijamente—, aunque la verdad, esas películas ya son viejitas —y sonrió sin quitarle los ojos de los ojos; él dijo que le faltaba el sombrero, el látigo y la zamarra de cuero; ella siguió con la risa en la mirada.

* * *

El negro carga aire, Bruno también aspira hondo, ve de nuevo a una mujer joven que no aparenta aprecio por lo que el de la administración, es decir, él mismo —claro, si hasta ese momento ninguno de los dos conocía el nombre del otro—, le está disecando y regalando: los trucos para vivir mejor en la Casa de México.

Ella miraba distraída hacia los pasillos de la Maison. Bruno desde ahí supo, para después confirmarlo: con la muchacha el doblez o la carta en la manga no valían, tampoco el ir alisando la cuerda a pequeños trechos, nada de eso, él iba entregando, ahí mismo y sin presiones, los secretos de la convivencia, ah, pero si ella no entendía el valor de los disimulos y códigos de vida, pues mala tarde.

Esa fue la frase, esa la que se le vino a la mente, lo sabe por el marcado nexo taurino, ese taurinismo que él odia y tuvo que soportar en las palabras de Lorena antes, mucho antes de conocer a Daniela en la Maison du Mexique.

Fuera Lorena, no tiene por qué llegar a meter baza en este momento. Que se largue esa muchacha, nada tiene que hacer en esta calle parisina, en un bar tan igual a otros muchos, en este escenario múltiple donde la única luz que México pone es la nacionalidad de los protagonistas y la morriña por lo lejano, allá donde Lorena aparece en las épocas de los charcos luneros de la colonia Nápoles.

* * *

Ahí está Bruno, se ve de nuevo, recargado sobre el mostrador, tratando de ser indiferente a la mirada de la recién llegada, no quiere meterse en el azul verdoso de los ojos de ella, en la sonrisa tímida, en la boca apretada, en el aire de desamparo que despide y aun así le dice que:

—Si regresas dentro de un par de horas, nos ponemos de acuerdo, te aseguro que te van a servir mis comentarios —no quiso decir consejos, y Daniela, como ya había averiguado se llamaba, no llegó ni tres horas más tarde.

Él se mantuvo dando vueltas por el lobby, justo antes de la puerta de vidrio que divide la estancia de las lavadoras con el salón de la tele, se estuvo, como pensando en el próximo examen en la Universidad, lo hizo más de las dos horas convenidas, más, otras dos quizá, y Daniela no llegó.

—Aquí los horarios de trabajo son muy rígidos —le dijo Bruno al día siguiente, cuando se encontraba de nuevo atrás de la mesa de la recepción—; uno no se puede salir antes —como diciendo que él no había asistido a la cita.

—Vamos a tener mucho tiempo para charlar —y lo dejó mirando cómo ella se iba por el sendero del jardín de los gatos callejeros que madame Bleise cuida en los jardines.

—Son abominables los gatos, andan por cualquier sitio, no le temen a nada, la fulana esa los cuida y guay de aquel que quiera hacerles algo —Bruno explicó como parte de la integración de la chica—. La Bleise tiene cara de loca, nadie se atreve a decirle algo, un día a esos gatos los voy a cazar a flechazos.

Daniela alzó los hombros como si el asunto de los gatos no le interesara.

Pero eso fue más tarde, semanas después de que la miró, ausente de todo, alejarse bajo los árboles igual que si fuera otro gato, otro ser que se desplaza hacia la Casa Internacional, y él supo que ella no regresaría esa tarde, y por más que la joven de ojos verdosos o azulados, depende del momento, lo mantuvo inquieto, trató de engañarse pensando que se debía a su soledad, a la falta de dinero, a esa aburrición tan espantosa de tener que ganarse unos francos trabajando en la recepción.

Al economista Yakoski le dio por contar a los gatos y ponerles nombre a cada uno, distinguirlos entre sí, pensar desde cuándo los había visto porque el rondar de los animales junto a la Casa de México era espectáculo común, que a poco de su llegada los gatos fueron conjuntados con el paisaje que ahora en Le Marzet se abre en una mañana en que Bruno se sentó cerca de ellos y los llamó usando varios nombres, los que él había inventado y los que suponía les daba madame Bleise. Buscó las maneras para que se acercaran, usó palabras parecidas, las mismas actitudes y sonidos de madame Bleise.

Los gatos, con las colas levantadas, no se aproximaron a la figura del hombre detenido en uno de los bosquecillos de la Cité Universitaire, ese mismo individuo que ahora se deslava en la tarde de la calle Saint André, bajo un sol como Dios sobre el barrio y los árboles que rodeaban —que rodean— a la Casa de México, que también desdibujaron a Daniela cuando ella, sin volver la cara, caminó fuera del ángulo visual de Bruno Yakoski, quien se apachurraba en la recepción de la Maison du Mexique.

* * *

Como felino camina por entre las casas. Al fondo, la luz de la farola le indica que ahí debe doblar a la derecha y seguir de frente hasta el parquecillo donde se encontrará con el que funge como correo quien le dirá, así como si se saludara a un vecino, que por las noches se siente más el frío que baja de los picos, para terminar con un consejo:

—Para mantener el calor del cuerpo, lo mejor es usar una bufanda.

La chica debe contestar

—Y algo para cubrirse la cabeza.

Antes del encuentro, ella se ha movido de penumbra a recoleta; también ha aguardado horas en hostales mugrientos comiendo un bocadillo sin vino por aquello de estar con los sentidos extra alertas para no hundirse en la tensión que se rebela a puñetazos en el estómago al abastecer con explosivos la furgoneta.

Sentada en la orilla de la cama observa en el televisor las declaraciones hechas por tres hombres cubiertos con máscara, de negro todos vestidos, y ella acepta que lo dicho por esos tres se apega al espíritu de su lucha y se eriza como gato al saber cerca el objetivo, y ahí mismo, actuado para ella sola, como si ensayara una obra genial, representa el papel de una estudiante enamorada que regresa a la universidad después de haber pasado un fin de semana saboreando platillos de la región en compañía de un tipo de barba cerrada.

Tiene insomnios antes y después de los hechos, acepta palpitante ese horrible malestar en el cuerpo, esa temblorina que le llena el alma al colocar uno a uno los paquetes que ella sabe que contienen explosivos aunque nadie lo haya mencionado y llora a solas, se arrepiente. No duda, no suda, no piensa, ¿fanática?, ¿engañada?, ¿enamorada, maldita sea? ¿Qué fue lo que sintió la primera vez que se atrevió a involucrarse en eso que no relata?, ¿cuántas veces más habrán sido?, ¿es correo o ejecutante?

Espera, Bruno no debe adelantar juicios. Nada es evidente. Él no debe preguntarse tanto sino machacar aunque le tiemble el alma. Preguntas, palabras, parolas, visiones, rayas en la lava, tragos sin hielo, cigarrillos que agreden, y Bruno que no sabe cómo apretar lo que supone no saber y quiere decirse, o no conoce y por lo mismo descubre la forma para decir lo que niega saber pero sí sabe.

* * *

Ahora el negro habla como si entonara melodías a un niño ensueñado pese a que el cantador sabe que el niño se ha dormido desde hace buen rato.

El calor se hace agua en las axilas, el sol no termina de ocultarse y Bruno Yakoski tampoco termina ese ¿cuarto, sexto trago?

Nadie lo obliga a contar los tragos.

La calle entra de pronto a esos momentos de silencio como si a todos les diera por ponerse a ventilar sus dudas; las turistas semidesnudas de las ventanas del hotel tal vez se han refugiado sobre las camas a jugar cartas, o a ganar fuerza para el resto de la noche comiendo algún bocadillo con mucha mostaza y salsa de tomate.

Los ingleses no se ven ni se escuchan seguir con la cantaleta de la misma canción.

—Cantaleta / cantaleta / cantaleta,

le había dicho ella iracunda mientras caminaban cerca de Porte d'Orléans, eso lo puede ver sin que nada lo enturbie, puede escuchar la palabreja emboscada en el coraje porque Bruno con timidez y voz serena se atrevió a tratar de meterse en esos misterios que la chica cela.

* * *

Entonces, ahora, en este momento / sentado frente a la mesilla, Bruno fuma / se aferra al vaso que da chispazos / lento bebe el gin tónic / hace dibujitos sobre la mesa / mira la calle / busca entre el ir y venir de la gente a una mu-

jer de ojos verdosos, azulinos, que usa un saco
rojo y en lugar de una chica aparece el hombre
tirado, con la sangre mansa y los ojos hundidos,
lo ve tal cual porque las visiones reales se agran-
dan como si alguien las estuviera tejiendo vuelta
a vuelta. Él busca la figura de una chica con el
hombro un tanto caído, el cigarrillo entre los
labios: ahí está, camina deprisa, con los ojos
verde azulinos redondamente abiertos, la sigue
un cortejo de gatos que brincan con las explosiones / los animales se restriegan en la orilla de
las construcciones rotas / huelen el vaho oscuro
del aire / desperdigan sus pelos entre los cuerpos tirados / con sus maullidos duplican el llanto
de unas mujeres / olfatean el rostro desfigurado
de unos hombres / ponen sus ojos amarillos
frente a la mirada cerrada de unos niños. Los
gatos eléctricos van corriendo sobre los adoqui-
nes. Salvan obstáculos. Hacen cabriolas en el
aire. Se enfurruñan ante el sonido de alguna explosión que humeante se distingue cerca de sus
giros. Delante de ellos, con la misma velocidad
felina, dos mujeres avanzan entre los escom-
bros. Una es vieja, se cubre con un chal mugroso y gris. La otra es joven, de cabello corto,
delgada, de ojos color indefinido, no se amilana
ante la destrucción ni se inmuta por los llantos.
Los pasos de ambas apenas tocan el suelo, hadas
subiendo por gárgolas diabólicas, trepando los
costados de un sol que está a punto de derrum-
barse. La vieja lleva la vista hacia el suelo.

Su acompañante no puede disfrazar los
nervios, mueve la cabeza de un lado a otro, pero

no pone su mirada en un hombre parecido a un actor de cine que, como modelo, está sentado en una tosca silla pintada de blanco, de mimbre, que se nota ridícula en medio de un sitio que huele a paté, a orines y a salsa de arándanos.

En esa silla, extraña al entorno, está sentado ese mismo hombre joven que porta un sombrero gastado en mil horas aventureras, usa una zamarra de cuero marrón, un revólver romántico, el tipo está peinado hacia atrás, su gesto es de dolor como si hubiera extraviado un tesoro de jades y esmeraldas, y sobre la mesa, con el mango de un látigo, va dibujando un atorbellinado escenario de guerra y de corazones.

Gringos los nombres

Ha cruzado calles de la colonia Nápoles, las cuestas de San Pedro de los Pinos; ha deambulado por aceras rotas mirando figones oscuros, chabolas y lodazales, así, al igual ha vagado por el casco viejo de un París más que sobre expuesto en fotos, revistas de viaje y películas cursis; ha zanganeado por bulevares centellantes, y así como ha visto aquello, esto y más, ha bordeado metáforas y aguaceros, sabiendo que la Cité Universitaire tiene edificios destinados a dar cobijo a estudiantes de muchas nacionalidades. Todos conocen el llamado Internacional, en sus bajos se sitúa el café de las italianas a donde no quiso ir hoy porque nada le hubiera cabido en el estómago y porque quería evitar que la joven mesera, riéndose con él, preguntara por Daniela, sin que él deseara explicar lo que aún no se atreve a decir ni a decirse, ¿decir es saber?, ¿qué significa saber?, ¿hasta dónde puede llegar el conocimiento sin causar pánico?, ¿saber significa ir tras de algo sin tener la seguridad de encontrarlo? Bebe un trago extenso. Escucha a Daniela cuando le dice:

—Los problemas toman su cauce cuando se les da su tiempo…

Sigue la voz de ella, penetra:

—La paciencia es certera clave…

Ella marca sus premisas y continúa:

—Si el problema no tiene solución, deja de ser problema.

¿Lo que le sucede a Bruno, debería llamarle así, con la secura de la palabra: problema? O llamarla a ella no por el deletreo de sus sílabas: Da-nie-la, sino por el adjetivo adecuado, ¿cuál?, elaborar una lista de adjetivos, por más categóricos, llenarían espacio, pero nada más. Y aun sabiendo eso, las palabras pujan por marcar definiciones: él detiene su salida, baja el vaso, agita el líquido, hace sonar el resto de los hielos; lo sabe, es una tontería poner sobre la mesa una vasta red de etiquetas. Precaución, debe ir con cuidado para no mirar hacia un solo frente, no debe y no puede. ¿No sería que el trastornado fuera él y al conjuntar datos ha formado un ser diferente al que en realidad conoce? ¿Cargando este pesar es posible razonar en orden o definir el desorden?

* * *

A Le Marzet le llegan imágenes de otras Maisones que hay en la Cité Universitaire. La construcción que alberga la de Indonesia, rodeada de leyendas donde su decadencia y abandono son atribuidos a la lejana muerte del presidente Sukarno. Y sin que Bruno lo hubiera vivido, tiene frente a sí una película en blanco y negro, aflora el rostro de Sukarno: moreno, ojos rasgados, la gorrita de lado, la historia de su enamoramiento de Ana Bertha Lepe, que durante años fue orgullo mexicano por conseguir un tercer o cuarto lugar entre las más bellas misses del mundo. Una vez comentaron esto con unos estudiantes indonesios. No, él no lo dijo, fue Daniela quien lo hizo. Y en Le Marzet quiere borrar el rostro de Sukarno y de la vedette mexicana, le agobia no poder quitarlos del pensamiento, traslapa rostros, aparece el de doña Licha, su madre alguna vez platicó la historia de Sukarno, muy dictador y todo, pero la Ana Bertha lo traía bien enamorado.

—Estas añejadas —dice Daniela— son ejemplo de nuestro vasallaje —y tras la voz de ella surgen los estudiantes indonesios, Daniela muestra seguridad en la palabra, recuerda a Ana Bertha sin mencionar lo polvoso de la artista, lo redondito de la mujer, silenciando también su calidad. Después, los dos comentarían en el set six: de la idiotez manipuladora que es eso de miss universo, pero que Daniela ponía en la conversa sólo para ubicar a los indonesios, sin decir idiotez aunque los dos así lo pensaran en la noche más noche. ¿Cómo se vería Daniela caminando por una pasarela bajo los reflectores y las miradas que le tasan el cuerpo? Con las luces que le darían otra visión de lo que realmente ella es. La muchacha entra al escenario, camina, se va transformando para continuar con el porte de una miss mundo; Bruno, desde su asiento, butaca, sillón, la mira alejarse entre las otras participantes que en lugar de trajes de baño lucen uniformes sin insignias.

En alguna ocasión, el economista se encontró a los mismos indonesios quienes habían recolectado historias de Sukarno: mujeriego, con amantes desde chinas, hasta noruegas, sin faltar esa de México, que por cierto no recordaban su nombre, no el de Yakoski del doctorado de economía, sino el de la muchacha; los indonesios se reían no de sus palabras, se reían de algo que estaba por ahí, clavado en los adornos de la entrada de la casa de su país.

* * *

Bebe otro trago y por la mesa de Le Marzet pasan las casas de Alemania, de Holanda, de muchos países; de esas casas salen mujeres que en los días soleados se tienden sobre el pasto, con los pechos al aire o cubiertas con diminuto bikini, como aquella que Daniela de señuelo le puso enfrente para ver su reacción. Las chicas no usan brasier, van por el campus desafiantes, atrapables, moviendo las tetas como si desfilaran por una pasarela para elegir a la más bella. Las hay de falditas cortas, podrían ser argentinas de risa estruendosa, portuguesas con las camisetas pegadas a los pechos, y las de más allá quizá fueran modositas chilenas, las de aquel grupo yanquis distraídas, y las mismísimas paisanas que viven en la Maison du Mexique, ese edificio donde él trabajaba en la época en que llegó Daniela, a la que vigilaba sin saber que tiempo después inspeccionaría su presencia en una calle calurosa y ronroneante, y si en la Cité Universitaire había tantos cuerpos rotundos, tantas mises, ¿por qué se fue a fijar en esa recién llegada, delgada, de gesto agrio, que ni siquiera valoró el peso de la información obsequiada por él?

Las ráfagas de otros asuntos: dragones en las puertas de la Maison de Indonesia, las parvadas de mujeres desfilando por la Cité Universitaire, las cintas con actrices añejas, los amores de dictadores umbrosos sacuden polvaredas sobre el valor del manipuleo que tienen los secretos caseros —que los amigos encabezados por Fentanes y Moraima llegan al grado de transformarlos en claves; ahí está el grupo, Fentanes mira a Daniela como si fuera su secreto dueño, la tabasqueña entre tarareadas echa la risa en los ojos al saber de alguien que se encuentra en apuros y así, con su posible intervención, convertirse en la salvadora de quien fuera,

Bruno los ve en forma tan real que no duda de estarlos viendo; Hinojosa y Chela observan sin hablar; por la ventana, el campechano Vadillo ve hacia el poniente, quizá desde su sitio pueda admirar la maravillosa dejadez de la Maison de Indonesia o las costas del Atlántico; Fentanes insiste en lo disparejo y por lo tanto en lo injusto de estar fuera de las confianzas de Daniela cuando los miembros del grupo, los cercanos, sí lo hacen en esa especie de hermandad, sin decir, por supuesto, que la fraternidad muchas veces fue rota por las conveniencias,

…en la mesa de Le Marzet, y en medio del calor de la calle, Bruno siente la brisa de las palmeras y el rumor del agua de los grandes ríos, escucha la voz de Moraima:

—La Danielita nunca abre sus secretos, ahí radica el misterio tan adorable de esta choquita, es como laguna de mi tierra —y cantó mientras que con ojos y guiños contaba una historia, que Bruno imaginó al imaginarse a las dos mujeres hablando muy cerca una de la otra, y no quiere eso, trata de ahuyentar la imagen, mueve la cabeza, destila ese pensamiento y no lo desecha porque no puede si gana la personalidad de Daniela y no la de Moraima,

…para Daniela los secretos de la Maison no tenían valor, de eso estaba seguro, carajo, los secretos sólo tienen precio si se les ubica en contraste con otros oscuros resquicios donde una diferente información, quizá más terrible, los corone y los valore, eso Bruno no lo sabía durante el tiempo en que trabajó en la administración de la Maison, pero ahora en el Marzet cree acercarse al arcano: ¿andaría Daniela metida en pasajes diversos y por lo mismo mascaba sus misterios, administrándolos, sabedora que un desliz podría causar la caída, su caída y la de sus amigos?

* * *

Quizá Lorena también manejara un grueso altero de misterios, quizá, pero, ¿cuál es el papel de Lorena en esta tarde de Le Marzet? Traerla rompe la posibilidad del conjuro y con ello pone más trabas a una aparición de Daniela; malhaya, ¿quién puede dejar de lado gran parte y poner sobre la mesa sólo un trecho de la geografía sin pensar en los países vecinos, en los ríos fronterizos, en las montañas que de un lado son de esta bandera y del otro de aquella diferente?

Así palpa, así pinta con el dedo mojado por las líneas de agua que escurren del vaso, y sabe que medir aquí la acción de Lorena es sacarla de contexto. Lorena es de otro continente, su territorio es de allá, sin embargo está aquí en Le Marzet…

….Lorena ya está caminando por la colonia Nápoles tan gustada por los futbolistas argentinos, ve el parque de Pensilvania, muy cerca de la casa de doña Licha Morales de Yakoski, que pese a la viudez sigue usando completo el nombre. La colonia Nápoles se pertrecha entre en el inicio de los cerros del poniente de la ciudad, por donde corría el ferrocarril de Cuernavaca.

—Barrio híbrido —dice Daniela, a la que siempre le desagradó esa colonia y nunca hubiera vivido en ella.

—Dios me libre —cuando Bruno hablaba de su vida en la Nápoles.

Con el estadio de fútbol y la plaza de toros apenas vista porque a él no le gusta la fiesta taurina. Sólo en una ocasión asistió acompañando a Lorena, ella era guía amistosa de una pareja de americanos…

—De gringos —dijo él, porque americanos somos todos los que vivimos en el continente.

Lorena rogó raspando la voz:

—Por favor, no me vayas a salir con tus dichitos de arcaico comunistoide.

Ve a Lorena, dura de cuerpo, de senos fuertes, de cara cuadradona, la ve caminar por la calle parisina, meterse en la neblina de una gente que pretende ser la precisa. Lorena gira el rostro, coquetea con quienes cruzan frente a ella, se oye su voz, letra a letra, pausada como en añoso disco: oye del rechazo para decirles gringos a los gringos.

* * *

Lo atropellan otras voces, no las define aún dentro del murmullo. Él está en silencio. Moraima baila y canta sabiendo que Fentanes le atisba los pechos al mismo tiempo que con los ojos lame las piernas de Daniela, quien instiga a ambos para seguir con sus requiebros, al pasar junto a él algo le dice a Fentanes, azuza a la tabasqueña a seguir la danza diciendo que su cuerpo es como la mentirosa corriente de un río que por dentro es muy bravo. Sentados en círculo beben a pico de botella. Los regiomontanos como Hinojosa, Sara y Graciela, hablan entre ellos. La noche y el aire calan en la calle.

—Imposible rechazar los recuerdos. Se pueden canalizar, inútil negarlos; cuando se dice no quiero recordar esto, o ¿por qué estoy pensando en ello?, ya se está con la memoria en lo que no se desea.

Daniela pide que se queden atrás los conceptos:

—La memoria no es más que una jugarreta para evitar las arrugas del alma…

…que Fentanes sea el rey gitano que le pone la luz a las estrellas y Moraima sea la voz del baile…

—A bailar, mujer, que la noche te admira.

* * *

Bruno se mueve frente a la mesa de Le Marzet, dentro de su cuerpo lleva seis, siete gin tónics, está mareado, mira hacia los extremos de la calle, escudriña con cuidado los rostros de las mujeres, al negro que se ha sentado en la defensa de uno de los autos y fuma con la cabeza hacia abajo, con la música tímida de estridencias, y Bruno Yakoski, Jakoski como decía su padre, sabe que las comparaciones son abominables. Pero entonces, ¿qué tiene que ver esto? ¿Por qué no centra su atención en conjuntar cada uno de los viajes de Daniela con los atentados terroristas y no fugarse hacia el tiempo de Lorena, hacia las zalamerías gitanas como si con ello buscara espantar las dudas?

¿Qué terquedad lo orilla a seguir aferrado a esa imagen pegada al deseo de Lorena por soslayar la basura en los puestos de fritangas a los lados de la plaza de toros distrayendo burdamente la atención de los señores Park? ¿O se trata de una duda que Bruno no logró despejar sobre los conocimientos de Lorena en asuntos taurinos? ¿Torero sería aquel Luis que en ocasiones salía a la charla descuidada de la madre con el consiguiente enojo de la joven?

Está atrapado sin saber qué pasará de hoy en adelante, preso en París con Daniela como sello de ganadería, de esos toros que él odia, pero… ahí va otro endemoniado pero, hoy no deben existir los odios sino la aceptación porque no le queda más remedio; si en aquel tiempo, como en el de ahora, hubo asuntos que Bruno no pudo o no quiso resolver, lagunas en la actitud de Lorena, esa entrega y ese rechazo, porque la vez de los señores Park, a la salida de los toros, mientras ella distraía a la pareja, él dejó resbalar su mano por la cadera y ella le dio tal jalón que supo de la rabia…

…rabia …rabia, mejor llamarle enojo, decir rabia lo lleva a los terrenos de Daniela y aferrarse a una sola idea es imposible por más que quiera sacudirse, vibrar y no quedar como el negro, sentado en la defensa del auto quizá jalando ideas o rescatando odios, fue rabia lo que Lorena demostró mirándole a los ojos para decir que se estuviera quieto.

* * *

Teorías absurdas: filosofía en mangas de camisa: La vida se ve a través de los ojos porque éstos no pueden mentir. La pasión del amante vive en su cuerpo y nada más que en el propio, carajo, teorías reduccionistas, y aún así él vio el

alma en los ojos de Daniela, trató de verla desde
la primera vez en las oleadas azulino-verdosas
junto a la maleta azul, aunque también esos
ojos se han entrecerrado mientras en el cine pasan los noticiarios informando sobre las acciones del grupo ETA o las declaraciones de Herri
Batasuna.

Los ojos se abren ante los besos de
Bruno; a veces se cambian en lejanos cuando él
mete su lengua entre los pliegues del cuerpo.
Ojos que en otras ocasiones brillaron cuando el
economista, en la cama del set six, la iba desvis-
tiendo con la lentitud que demanda la larga noche donde le iba a regalar el alma.

Él le mira los ojos en la semioscuridad
de la sala del cine, frente a la noticia del bom-
bazo cercano a Vitoria, y supo, lo supo por sen-
tirlo ahora en su propio antebrazo, del golpetear
violento de la sangre de ella, de Daniela, no de
esa Lorena que busca meterse en los huecos del
recuerdo, o de lleno en el pensamiento húmedo
del gin tónic.

* * *

Ve también los ojos a Lorena cuando
fiera le murmuró un rasposo no al quitarle la
mano de la cadera antes de decir en voz baja:

—Cuando se hayan ido los señores
Park…

…cuando Bruno y ella se queden solos
frente al televisor en una salita en la parte baja
de la casa de la muchacha, la penumbra rota por

el olor de la cena recién terminada, donde los padres de ella poco hablaron como si trataran de emular a Bruno y Lorena que cenaron con los ojos puestos en los diversos sitios del comedor hasta que los padres se despidieron para subir a sus habitaciones y la mamá decir que no se entretuvieran mucho y al quedarse solos Lorena lo jala, toma las manos de Bruno y las coloca sobre sus pechos en un juego doble: manos para guiarlo a que le quite el sostén, después las regresa a sus pechos, y las manos de ella suben hasta el cierre del pantalón, abren la bragueta y mientras él chupa los pechos ella manipula la verga estremeciéndola con apretones oscilantes sin hacer caso del anuncio de él para prevenirla de la mojadura del semen escurrido en los labios y en las manos de Lorena que lo olfatea inquiriendo por lo que había sentido, así, en pregunta concreta:

—¿Te gustó?

…mientras él se acomoda la ropa y dice sí, por supuesto, fue lindo, pero más cuando estemos juntos sabiendo lo que Lorena dijo al respecto:

—Podemos jugar a todo pero sin hacerme tuya.

…además de saberlo se siente avergonzado con la entrepierna pegajosa y ella buscando una calificación al momento:

—¿Le pones diez?

Él asiente.

—¿Fue apenas un pase de B?

Él lo niega.

—¿O un seis que de panzazo se barrió a home?

Él se queda quieto.

¿También Lorena sabría de béisbol como de ese conocimiento hacía gala doña Licha?

—Ay mijito, todos los jarochos somos beisboleros —se escucha a doña Licha, y el hombre, sentado en una de las mesas de la acera de Le Marzet no sabe si esa voz viene de la colonia Nápoles de ciudad de México, o anda flotando en la calle que como río caliente lo rodea, tan caliente que empieza a sentirse parte del cuerpo de Daniela que llegó como si todo estuviera planteado minuto a semana, Bruno nunca dudó que en un momento ella aceptaría la juntura, pero lo extraño fue que la primera noche completa que pasaron en una cama, una noche sin interrupciones ni gritos acallados, no fuera en París, sino en Londres, donde se toparon con el español de las manos vendadas, con los esposos extranjeros dueños del hotelillo donde se hospedaron después de un viaje en tren y un brinco por el canal en esas dinámicas embarcaciones que corren por arriba del agua...

—Reencarnación bíblica...

...como lo definió Daniela que se bate contra la figura de Lorena, y Bruno no entiende la razón por la cual un fantasma como la chica de la colonia Nápoles tenga la fuerza de ganar espacios en la casi noche de Le Marzet, pero

"imposible rechazar los recuerdos, uno puede canalizarlos, inverosímil negarlos"

...suenan de nuevo las palabras de aquella noche del baile callejero cuando Daniela festinaba por una parte los obvios mensajes de Fentanes y los zarandeos de la tabasqueña Moraima.

* * *

Claro que tiene que cuestionarse si los códigos en las señales: miradas, el susurro dicho muy cerca de la oreja, el apretar de una mano, tengan valor en un sitio y diferente en otro, aun cuando sean los mismos personajes quienes descifren esa clave, como en el caso de Lorena y él, habitantes de la colonia Nápoles, por eso ella contestó a la pregunta-aseveración de:

—No es justo, sólo yo siento y tú no —Bruno allá y en la mesa baja los ojos.

A su vez, los de Lorena abrieron caminos, dieron señales, ofrecieron rutas de escape:

—Hasta que me case.

En singular, no en plural. Mientras no llegara ese momento podrían hacer cosas pero nunca la penetraría...; de nuevo jugó con los ojos y los mensajes al cerrar la plática en la puerta de la casa de ella:

—Si me lo juras, vamos a donde estemos solos, puedes verme sin nada, pero prométeme que no me vas a penetrar.

Bruno evoca ese doble intento de promesa: debía jurarle que no harían nada más que mirarse y acariciarse, lamerse si lo desean, y al decir esto Lorena le pasó la mano por el muslo, le miró los ojos y de nuevo las señales.

—¿De acuerdo entonces? —preguntó antes de cerrar la puerta—. Pero no te puedes meter, ¿me lo juras?

Entonces no, quién sabe, qué era, a dónde iban a llegar, a qué sitio se iba a remitir si fuera sólo en el perímetro de la colonia Nápoles, plana, impersonal, o más al oriente donde se inicia la Del Valle, igual, sólo que más antigua, o al norte, donde se refugia la Escandón, igual pero más fea; al poniente Tacubaya, los barrios descuidados, o la San Pedro de los Pinos donde los humos de las cementeras andaban de jolgorio, las unidades habitacionales, Santo Domingo, unos bosquecillos que Bruno trae a la mesa de Le Marzet, con todo y sus polvaredas, arboledas con pendientes llenas de basura, aunque años después nada de eso existiera, sino la acumulación obsesiva de conjuntos habitacionales, las avenidas con demoníacos topes en las esquinas y la gente fantasmal caminando.

Para entonces su padre ya había muerto y nadie lo volvió a acompañar en los días de campo, porque a su madre no le gustaba andar paseando por las calles; ah, doña Licha, piloteando esa terca administración de la única propiedad que les dejó don Checo, bueno, más bien, el único negocio, porque de propiedad está también el departamento de la calle Pensilvania, por eso la madre se aferra a esa administración de la tintorería La Flor de Sotavento, como se enterró en que don Checo la bautizara desde el momento mismo en que la compraron, haciéndole caso al hermano de don Sergio:

—Mejor esto y no quedarte con el rencor de toda la colonia en contra.

* * *

Bruno Yakoski sentado, bebe el líquido frío, arma el rompecabezas ahora mismo, cerca de la Association Philotechnique, Instruction gratuite des adultes, fondeé en 1848, cerca también del boulevard Saint Michel, en las goteras del bar llamado Tennessee, con un cowboy que cabalga en el letrero de la entrada, o más hacia el pasaje, por ahí está el video bar llamado El Camaleón, así que entre todos esos sitios vieron al hombre caer de su silla con la puñalada dejando apenas correr la sangre.

Con eso y más se ve caminando por la avenida de los Insurgentes rumbo a la Ciudad Universitaria de allá, la que le fue arrancada a las babas del volcán Xitle, allá, estudiando economía conoció a Lorena y después, cuando quizá ya no quiso seguir en ese jueguito de pujidos y bramidos, ella se escapó con un futbolista argentino de los que inundaban la colonia Nápoles.

Bruno Yakoski Morales supo que la maestría y el doctorado los iba a estudiar en París sin saber que allá, años más tarde, Daniela iba a entrar, y él a esperarla, sospecharla y padecerla una tarde-noche —en el bar Le Marzet, visitado por ellos dos con irregular frecuencia.

Sí, por supuesto, llegó a estudiar con un mediano dominio del francés, tuvo que convivir con los trasterrados latinos que se la pasan extrañando los banquetes de la patria: el congrio frito, el sabor de las carnitas, la delicia de los chupes de mariscos, el pisco sour, el tequila con limón, ujujuy, y entonces Bruno Yakoski Morales, heredero de una tintorería situada en México Distrito Federal, supo que debía dejar a un lado esa terquedad de no introducirse en París, debía escapar de su encierro de su habitación de la Maison du Mexique, en la Cité Universitaire donde viven toda clase de estudiantes incluyendo indonesios que se ríen de las mexicanas, y se dio a recorrer calles, plazas, sitios y esquinas, recovecos y explanadas, escuchando conversaciones, entablando las más que podía pese a la agresividad de los parisinos, para que su tímido manejo del francés tomara las rutas necesarias, se desperdigara en museos y monumentos, bares y cafetines y despegara, por fin, de ese otro lado del charco, como dicen los mexicanos al pasar el Atlántico, Alántico diría Betín aún sin saber que, tiempo más tarde, el catalán ¿catalán? lo iba a saturar de impotente rabia ¿furia? al escuchar de Daniela la relación del accidente en auto, del descubrimiento de los pechos en la playa, pero sobre todo de las sangrientas acciones en donde una Daniela de seguro se vería más que extraña junto a hombrones vascos y mujerucas de mirada fiera.

El vuelo sobre el Atlántico, el charco, el Alántico, como pronunciaría Bertín, aunque en aquellos años de Lorena ni siquiera sospechara que algún día, sin conocerlo, se iba a enfrentar a ese fantasma catalán-madrileño...

Él odia ese símil del charco, a los animales que cantan a su vera, no mira las tonalidades del agua, no se estremece ante las cintas mexicanas donde una Ana Bertha, avejentada pese a la juventud sempiterna del celuloide, le baila a un asiático tocado con un extraño gorro, no quiere saber de los ribetes de la luna arropando los desvelos, no quiere, sabe que en las noches, allá, en la colonia Nápoles, los charcos llamaban a rebato a las nostalgias, al retumbar de memorias, sobre todo al dejar la casa de Lorena, despedirse y recorrer, a pie, el camino hacia su departamento del tercer piso, donde en la sala, mirando el televisor, y haciendo brillar el diente de oro, lo esperaba doña Licha para comer huachinangos fritos, y que durante la época de lluvias Bruno se sentía solo, sin unos labios, aunque en aquellos años no supiera de Daniela, ni de los carajos indonesios, ni que los asesinatos por la política le llegarían de frente, ni siquiera sabía que tiempo después iba a vivir en un París que caliente mete sus filamentos en los sitios sombreados, calcina lo frío de cada uno de los gin tónics, busca a cualquier valiente que se atreva a retarlo, como ese tipo solitario que con los dientes truena los hielos mientras sobre la mesilla fuetea dibujos desde un jirón del aire.

Chalco

Más que cerrar los ojos, los aprieta en el marco de su rostro hecho arruga. Respira hasta saturarse del viento que remueve los sucesos y entra como espuma donde aparece Daniela junto a su terco olor a cigarrillo, su cabello corto, sus uñas roídas, la quijada firme; Bruno ve a la chica, ya está aquí, observa la boca, la misma que aprehendió con la cámara fotográfica ahora fuera de la mesa al no ser requerida por la escenografía. A jirones ve el saco rojo arremangado, los brazos delgados, blancos. El sonido de las palabras femeninas va llegando:

—Me dio un no sé qué verte tan solo recargado en el mostrador —la voz de ella dulcifica más que el sabor del gin tónic.

—Yo no sabía qué estabas haciendo ahí, evidente —Bruno la sabe muy pegada a su oído.

—Parecías un fantasmita niño —y al decirlo la voz de Daniela parece lamer la orilla de las sienes al tipo que está recordando en una mesa del bar y pensando en él mismo recargado tras el mostrador de la administración de la Casa de México en París.

—Te llamas Bruno, ¿verdad? —escucha la pregunta salida de esa muchacha recién llegada, la misma mujer del peregrinaje por los edificios de la Cité Universitaire hasta que por primera vez pisó las veredas y sentir su frescura, la manera en que se había compenetrado con los olores que emitían los edificios:

—Los olores forman parte del lugar y siempre se comparan con otros, vividos o soñados.

Él sube sus manos por los hombros de la muchacha que no se altera siguiendo el relato:

—Con el olor de la Cité nunca tuve la sensación de estar en un sitio nuevo.

* * *

Los sucesos se rigen por claves diferentes a las que fijan las horas o los días, y son las que más se recuerdan: lo sucedido durante tal romance, o al momento de terminar la escuela, alguna persona cuya presencia fuera fundamental, la música o el colorido de los objetos, y entre ese manojo de hechos están los olores, los sitios nuevos, las relaciones novedosas, las decisiones que pueden alterar la vida de Daniela al llegar a París y si ya para entonces ella estaba enrolada con el movimiento separatista. Espera, no debe correr a ciegas: ¿Por qué da como hecho algo que apenas anda buscando? Bueno, regresa, insiste en regresar: Pueden existir dudas, de lo que está seguro es que en esos primeros tiempos ya existía la relación entre Daniela y Betín Bernadó. Eso lo supo poco tiempo después de la llegada de la muchacha, sí, pero hay otros puntos oscuros: Los que andan en estos asuntos usan nombres diferentes para ocultar su identidad. Eso es clave de subsistencia en el mundo de lo oculto. Eso, y la extrañísima combinación de dos ciudades rivales hasta en el fútbol y el idioma. Otro punto: según Daniela nada le ataba con Bélgica, sin embargo un gran porcentaje de su correspondencia, por no decir que la totalidad, exceptuando la de México, llegaba precisamente de Bélgica.

* * *

Como es su costumbre, Daniela brincó de tiempo y lugar para relatar a tirones el viaje que hizo a Alemania: su primero a Europa; su padre insistió en lo conveniente que ella y Mónica conocieran la tierra de sus mayores. Una desmadejada visita a Alemania, rayada por circunstancias ajenas a su voluntad, ese viaje que sólo cuenta en el recuerdo pero Bruno lo usa para encadenarlo con otros, y entonces, desde su lugar, que bien puede ser el set six o Le Marzet, le sigue los pasos cuando ella sale, la ve escurrirse rumbo a la estación del metro, carga una mochila similar a las usadas por los estudiantes.

Es hora temprana pero en la chica ya se hace presente el palpitar de los nervios. Avanza hacia el metro que la llevará ¿a dónde?, ¿a la estación Austerlitz?, ¿al aeropuerto?, ¿a la estación de buses? para ir al sur, sí, pero a qué sitio porque el sur es extenso, lleno de recovecos, de montañas nevadas, de mares con playas rocosas, hay preguntas que Bruno se hace con la seguridad de que si los hechos se dieron como los supone, ella no hubiera tenido ninguna duda a dónde dirigirse, quienes andan en esto no pueden tener dudas y si las tienen las ocultan en el centro de las venas, malhaya sea.

* * *

De improviso, Daniela, sin cambiar de sitio dentro del set six, sólo estirando un poco las piernas delgadas, varió el panorama de su descripción: contó su llegada a Bélgica: la bruma fría de Bruselas, la soledad de los primeros días. El recuerdo de su madre ahora casada con Raúl Ramayo, alto, buen mozo, con recio parecido a un antiguo galán llamado Robert Wagner, ¿por qué carajos siempre hace comparaciones con actores de cine? Un Robert Wagner moreno, con reloj de oro, camina como flotando, fumador de tiempo completo, sufriente de eterna gastritis, y que además poco habla, como si le diera flojera, o vergüenza, platicar con las dos hermanas.

—El hombre no nos miraba, como si fuéramos extrañas —Daniela echa el humo hacia arriba y entrecierra los ojos.

—Si uno así lo decide, evidentemente que todos son extraños —ella apenas mueve la cabeza.

—De otro modo tendríamos que padecer como propias las muertes ajenas —y se queda callada mirando hacia el frente.

Bruno no interrumpe el relato, la charla de Daniela es impredecible, puede cambiar de lugar y de personas sin preocuparse por finalizar lo que por tiempo ha hilvanado; ella siguió en ese tono. Mientras la muchacha define a su hermana Mónica como rubita, después de referirse a cuando ellas vivían en el barrio de Atlamayas: una soledad no disminuida aun con habitación propia, sabiendo que para su madre, el nuevo matrimonio construía el anclaje de un futuro donde las hermanas para nada contaban, y por ello Lety se olvidaba de ellas para integrarse al mundo de Raúl formado por una banda de amigos borrachones, fiesteros hasta la madrugada donde se bebía sin freno, comiendo embutidos y baguettes con mayonesa, mahonesa, diría un español aunque fuera catalán-madrileño.

* * *

El perfil del hispano fue armado con retazos de conversaciones, detalles que la chica daba como si Bruno tuviera el antecedente y ella sólo reafirmara lo conocido por ambos:

—De buena pinta, bien vestido.

Eso, más otros datos sobre su persona, rubio, güero como dicen en México, alto, muy bien vestido, y así, rasgos y acciones que iban de un lado a otro, y de esta forma supo que el catalán o madrileño —caraja combinación— siguió a Daniela las primeras vacaciones en que ella regresó a México. El tal Betín se hospedó

en el María Isabel y le habló al departamento
de Lety y Raúl:

—Que está de paso, quiere saludarme
—dijo la chica restando importancia al hecho
de recibir una visita llegada de tan lejos.

Bruno imagina la reacción de doña Lety
y la de don Raúl, que es callado, tanto que la
ocasión en que acompañó a Lety a visitar a Daniela a París, el hombre apenas hablaba sin meterse entre las discusiones de madre e hija,
mostrándose imparcial hasta en los momentos
de escoger sitio para visitar, o lugar de almuerzo.
Eso sería casi un año después de esa estancia de
Daniela en México al terminar su semestre en
Bruselas, cuando se sorprendió con la llegada
de Betín y apenas entendió la reacción de Lety:

—Para mi mamá era de mal gusto que
mi amigo se quedara sin la atención de nosotros.

Prende otro cigarrillo.

—Debíamos armarle un plan para conocer sitios interesantes.

Y se fueron a visitar las pirámides, el Museo de Antropología, la Ciudad Universitaria,
la de allá, hasta una vueltecita por Bosques de
Las Lomas, o el Pedregal de San Ángel, para que
Betín viera que el Distrito Federal no sólo eran
chabolas. Un recorrido clásico, como lo definió
varias veces doña Lety.

A trancos y retazos, Daniela aceptó que
Betín, condescendiente con la señora Lety, fuera
burlón con los tipos que arrojaban fuego en las
esquinas, los disfrazados de payasos, los vende-

dores de juguetes de madera, de chicles, y de la vestimenta de las indígenas pedigüeñas a las que Betín llamaba Adelitas. Bruno trató de meter el dedo en la llaga del recuerdo fustigando las actitudes racistas de los seres humanos, pero Daniela sin hacer caso, o quizá arrepentida de su confesión, siguió interpretando a su madre si nadie es capaz de saber completa la existencia del otro por más cercanos que sean…

—No existe en toda la tierra algún ser humano que no tenga secretos —marcó bien las palabras quizá con el deseo que él lo oyera a la perfección.

—Y hay que respetarlos —de nuevo subrayó lo dicho.

En última instancia, Bruno supo que tanto él como Daniela juntos se internaban en la personalidad de esa madre lejana. Supo que Daniela en ocasiones debía hacer un esfuerzo por juntar lo que no recordaba con exactitud, evidente, y que además no estaba segura de que fuera lo correcto: la lejanía cambia la perspectiva sin saber si esos terrenos de Lety eran oscuros o era la misma chica quien no deseaba darles ninguna lucidez. Una madre sustentada en el tenis, y a la que Daniela nunca quiso o no puedo conocer a fondo porque la relación familiar fue difícil, le explicó a Bruno.

—Peor que estudiar lo desconocido, con eso te digo todo —y le relató que al principio ninguna de las dos hermanas aceptaba que Raúl durmiera con su madre y que a veces, entre llanto y risa, las dos:

—Más yo porque al rato Mónica mi hermana se dormía —se daban a la tarea de escuchar tras la puerta de la alcoba de ellos y así captar quejidos, o alguna otra prueba de lo que allá adentro ellos hacían: ellos: el hombre alto y moreno y su madre, ellos hacían, aunque nunca lo comentaron entre las dos hermanas, y sí Daniela a Bruno, no en una sola sesión, sino entre bostezos, besos, trozos de historia, referencias a los estudios, o con frases dichas al desgaire.

Las dos hermanas trataban de darle coherencia a los sonidos tras la puerta, codificarlos contra algo nunca visto entre su madre y Raúl, y nunca visto por ellas en ninguna otra parte, aunque sí discutido entre amigas cuando algunas compañeras se quedaban a dormir: darle la importancia debida a esos sonidos e irlos ajustando a una ruta imaginada, ir cercando los ruidos cuando aparecieran y, por otra parte, darle interpretación a los silencios, pues a pesar de todos los pesares, ellos, según las hermanas, nada hacían, igual que si entre ambos estuviera acostado su padre, don Richard Köenig.

* * *

De verla aparecer, de nada de eso le hablaría; tampoco le iba a preguntar sobre los hechos recientes. No iba a cuestionar los sucesos en Irún, donde un auto bomba había quemado a trozos los cuerpos de dos guardias y un desconocido.

Nada iba a señalar sobre el disparo a la cabeza del vigilante de prisiones que dejó una viuda al borde de la locura entre llantos y gritos apretando a dos niños que con ojos sorprendidos miraban la cámara de televisión.

Se quedaría callado sin preguntar sobre el ametrallamiento de dos periodistas que en santa paz desayunaban bollos en un bar de la costa cantábrica.

Cerrando la memoria callaría todo, sin hacer caso a su conciencia le daría sitio privilegiado al placer inmenso de ver a la chica, y frente a ella de inmediato al cesto tiraría las dudas, carajo, si solamente desea la aparición de ella, sólo eso.

Con el elegante Betín o Lorena, Raúl o Richard, los dos con R, como D de ella, y entonces su nombre gira de nuevo frente a Le Marzet al mismo tiempo que Daniela penetra a la ronda de los gatos de madame Bleise, transitando por debajo de los árboles, con la cabeza agachada, sin olvidar la B de Bleise, la B de Bruno, de su nombre, de él que se acaricia el mentón sin rasurar…

* * *

Bleise, madame Bleise, andaba encorvada / jorguín del medioevo… atada a un chal gris, medias oscuras / hechicera de Merlín… de rostro ausente, de arrugas profundas / bruja de Disney… pasaba sin mirar a nadie, como si nada más que ella y los gatos existieran. ¿Sería un contacto?, ¿lo sería?... surgen las facciones de la vieja desaparecida de la Maison desde hace ya unas semanas, hecho comentado por Fentanes como si la viejuca por fin los hubiera dejado descansar, la musical Moraima entornó los ojos antes de rezar cantando, los demás apenas expresaron algo de la mujer de chal gris, Hinojosa se alzó de hombros, Chela, con su vocecita apenas audible, dijo: la madame es como hoja que va y viene, a nadie le extrañe si se presentara de nuevo, García dijo que las apariciones y desapariciones en ese su micromundo forman parte del tejido social.

¿Por qué Bruno no invitó a cualquiera de estas parejas o amigos para que entre todos buscaran la razón de la historia que horada? No, no, ellos son seres de alterne pero no para hacerlos partícipes de lo que él mismo tiene que resolver. ¿De alterne sería también Moraima o Fentanes cuyas miradas cantan sucesos recogidos por la ondas sonoras de la Maison que nunca duerme llena de chismes y ecos?

Recuerda los halagos que con frecuencia ambas mujeres se dispensaban, de la pose sexual que la tabasqueña adoptaba cuando sabía que Daniela la miraba con ojos entrecerrados como para disimular la verdadera sensación. Los ruidos y suspiros que él creyó escuchar dentro del set six. Los largos encuentros que Fentanes y Daniela tenían después de los continuos pleitos entre él y Moraima, batallas súper comentadas por los habitantes de la Maison y que resultaban chismes carcajeados cuando se rumoraba que la tabasqueña, sin más, lo había plantado sin cantar Las Blancas Mariposas. ¿Por qué en su momento Bruno no aclaró todo, incluso con una receta de trompadas al escurridizo Fentanes? Por eso no podía invitarlos a Le Marzet, de estar ellos Fentanes se daría a especular tonterías, a construir hipótesis declaradas con voz engolada y sorbiendo de continuo la nariz, a dejar caer palabras sugiriendo amores ocultos, ah, y la tabasqueña a llorar en medio de canciones, y los demás compañeros a distraerse con los sucesos de la calle, entonces, por fuerza, saldrían otros asuntos que nada tienen que ver con lo que Bruno busca, por más que un faro marque el borde de orillas aún ocultas como la verdadera relación entre las dos mujeres: ¿hasta dónde habían llegado?, ¿sería verdad lo que de ellas se murmuraba en la Casa de México?, ¿era real la pasión que Daniela dicen sentía por los arrebatos de Fentanes? ¿Importará ahora eso? Lo que sea tendrá que aclararlo, ya pasó el tiempo de echarle humo a las verdades, carajo.

De un jalón bebe lo que resta del gin tónic, el sabor abre las ideas, llega el momento de ver de nuevo a Daniela libre de los demás amigos, o como quieran llamarse, porque la primera vez que salieron los dos juntos fueron del edificio viejo de la Ópera hasta el café Odelle, y mientras caminaban rumbo a un restaurante de chinos donde por unos cuantos francos quedaban hartos, Daniela fue comentando asuntos de ella y de México.

Para entonces Bruno quería oír palabras amables en el tono aunque no el fondo, porque no por sabido resultaba grato que ella armara un panorama del país, de la economía, los planes del gobierno, las maniobras políticas, demandas de la oposición, escándalos electorales, del desgaste del perredismo y de la paradójica alza de su líder, de las deudas impagables, de los asesinatos políticos, de cómo el PRI manejaba sus canonjías defendiendo sus terrenos y pese a ello iba a la baja, del PAN como realidad, del narcotráfico apoderado del territorio, de los líderes obreros, las guerrillas en las montañas del sur de Guerrero o en Chiapas, o en Morelos, la miseria en las llanuras de San Luis Potosí, en las ciudades perdidas del Distrito Federal, de la desgracia de la gente que se amontona en las zonas marginales.

—Los granos en el cuerpo son la muestra de lo que está por dentro —explicó antes de quedarse callada.

Y el nombre de un sitio llamado Chalco aparece bailando entre volcanes, paseos, abuelitos; danza con una Daniela que entra a escena y el movimiento de la calle se detiene, el negro no grita; Chalco se agranda en el relato doloroso de la chica y en los recuerdos de él que no puede controlar.

Cómo era bonito ir a Chalco para visitar a los abuelos, verdad Bruno. Comer quesos, fresas con crema, oler el aroma del campo, ver los volcanes y el paisaje limpio, él lo tiene presente mientras Daniela al contar va transformando ese abrunado panorama del valle de Chalco en un cuadro lleno de polvo, de casuchas y miseria.

—Salinas lo usó para sus mentiras —insiste ella—, y ya ves en la desgracia que vive esa gente.

Él no quiso decir que en estas épocas existen lugares peores que Chalco y por eso huyó de ese mural danielesco recordando el sitio donde habían vivido sus abuelos, viejitos silenciosos, con el constante rencor hacia la jarochidad de su madre, a quien le colgaban el sambenito de haber destruido la vida de su hijo, de don Checo, su padre.

Los paisanos se ofendieron al no casar con una de la misma raza, por eso los silencios, el reclamo de su tío Miguel quien aceptó de mala gana ayudar a don Sergio a poner la tintorería, minúsculo negocio en comparación a lo que hubiera podido hacer don Sergio de no entercarse en contraer matrimonio con esa mexicana, morena, de diente de oro, de caminar vibrante, de buenas ancas, de maneras nada sencillas.

—Inclusive —dijo el tío Miguel en aquella conversación en la casa de los abuelos cuando el niño Bruno jugaba en el jardín— pudiste tenerla sin necesidad de casarte, nada más te hubiera costado dinero. Eso detonó la trifulca, los gritos iracundos de su padre, la salida precipitada del tío Miguel, quien a partir de aquella ocasión no regresó a visitar a los abuelos el mismo día que la familia de Bruno, pero aceptó, a través de los viejitos de Chalco, prestar el dinero para que compraran la tintorería.

—No te les acerques mucho, bésalos rápido y ya, ¿me entiendes? —era la ¿cantaleta? de doña Licha cada vez que llegaban a visitar a los abuelos. ¿Eso de cantaleta lo diría su mamá o es un reflejo de Daniela metido en ese otro recuerdo?: Los padres de su padre, judíos, nacidos en algún sitio de Europa: ¿en Rusia, Polonia?... Ahora lo sabe, pero en aquellos años el nombre del país no tenía importancia, escapados de una guerra inentendible para el niño Bruno y sucedida tan antes de haber nacido él.

Los viejitos sentados en un pequeño jardín de su casa en Chalco —desde donde tiempo después Bruno escucharía la pelea de su padre con el tío Miguel— situado en la parte posterior de la quinta, donde los abuelos oscilando en sus mecedoras, cubiertos con mantas de colores, recibían a las visitas.

La viejita lloraba y el abuelo le hablaba en su idioma, sólo a ella, porque a los hijos —y por supuesto a los nietos— en español machacado, revuelto, a veces incomprensible, aunque Bruno ponía cara de entenderlo y así abandonar al jardín refugiándose en la casa.

Puede mirar al tío Miguel parado en la calle, cerca del negro gritón, de la entrada del negocio de suéteres, ¿por qué recuerda al tío si según su madre no sólo la había insultado muy gravemente, sino hecho la vida de cuadritos?

—Jamás lo perdonaré, me puso al nivel de una piruja —muchas veces oyó decir eso a doña Licha, a su madre que mueve las caderas, y también mira a los abuelos: ella menudita, el viejo ausente, percibe el olor de su aliento que ahora Bruno no calificaría de desagradable o rancio, no, era algo especial, un aliento como de alguien que hubiera comido sólo una cosa durante toda la vida. Las manos de la abuela estaban hechas de nudos y temblores, nunca las dejaba en paz, doblaba, redoblaba y alisaba de nuevo la cobija a cuadros con que cubría las piernas del abuelo: rubicundo, con el pelo blanco y ralo, con los ojos azules, con camisas como de leñador y los tirantes grises crucificando las clavículas. Bruno nunca les notó la enfermedad y por más que le preguntaba a doña Licha qué era tuberculosis, la madre, haciendo gestos, le decía que eso se lo explicaría su padre:

—Es algo terrible, hijito, son enfermedades que dan los sufrimientos de la guerra —y don Checo se daba a decir pestes sobre las batallas o los bombardeos.

Bombas. Sofocones callejeros. Bombas en el tiempo de los abuelos. ¿Bombas en el tiempo de Daniela escondida de todos en esos viajes nunca contados? ¿Una misma guerra alargada hasta lo infinito? De Chalco a Santurcia. Del pie de los volcanes mexicanos a las serranías vascas.

Los viejitos escogieron Chalco por el aire curativo que baja de los volcanes y Bruno, de regreso a casa, escuchaba la historia de los abuelos, perseguidos por sus ideas religiosas, presos como otros muchos paisanos. Así, así llamaba su padre a los demás judíos, y doña Licha cuando escuchaba eso de paisanos, decía:

—Entre los jarochos sí hay apoyo, pa' eso son los paisanos, no pa' presumirlos aunque te agarren a palos.

Don Sergio, sin hacer caso, continuaba el relato de la prisión de los abuelos, de la huida a través de Francia y España, hasta llegar a Lisboa y ahí embarcarse rumbo a Nueva York. En esa ciudad la abuela tuvo a Miguel y a Sergio. Años después siguieron rumbo a México porque la comunidad, lo que quería decir, los paisanos, les consiguió trabajo, más bien le consiguieron al abuelo, porque a la viejita nunca le gustó salir sola a la calle, le daban miedo los autos, y en especial el sonido de las sirenas de las ambulancias.

—Por fortuna —recalcaba el padre—, en este México no se persigue a nadie por sus ideas religiosas o políticas.

Años después, Bruno supo que no eran exactas las palabras de su padre y que lo escuchado durante los regresos de Chalco —los sábados, porque el tío Miguel iba los domingos— no concordaba con lo que Bruno vivió en ese mismo México al que don Sergio no acababa nunca de elogiar acompañado del gustoso festejo de doña Licha.

Las palabras de don Sergio suenan extrañas dentro de ese turbión de recuerdos, alteran e interrumpen la voz de Daniela que a codazos entra a escena reclamando su espacio en la calle y en el relato:

—Estudiar en París es una forma de afilar las armas para buscar una mejoría —que Bruno contemplaba lejana, pues en vano él se inscribió en el partido oficial y pronto se dio cuenta que mientras no terminaran las envidias, o los vendidos al poder formaran quinta columna, nadie iba a mejorar nada, por eso Daniela dijo que mejor no le platicara sus planes, porque los planes, a la larga, varían.

—Mejor —contestó él— dime más sobre ese punto, ¿por qué uno mismo no puede alterar los planes?

Él quería escuchar, sí, pero también ver cómo movía la boca, entender el sentimiento iniciado desde que la miró transitar por la vereda junto a los gatos siguiéndola como corte ondulada. Él sintió lo que ni siquiera había intuido con otras mujeres, menos con la mano o la boca de Lorena, que ahora que la recuerda odia al compararla con Daniela, quien asegura:

—Los planes deben ser acordes al tiempo de su aplicación, lo demás es de una candidez ilimitada.

Daniela se dio a contar todo lo que supo o vio en los casi tres meses que pasó en México. La visión del país, pero también algo de la familia de ella. La precipitada salida de Betín muy criticada por doña Lety.

—Por qué las prisas del gachupín —él escucha su propia voz.

—Asuntos de negocios —contestó Daniela. También, tiempo después, se lo repetiría

a Bruno, así, sin más, sin explicar cuáles eran
esos negocios, cuáles y para dónde esos viajes.

* * *

Su estancia en Bruselas, la frialdad de
una ciudad que nunca acabó por gustarle, la feliz salida hacia París, a la Maison du Mexique,
a la Cité con su hartura de Maisones, a esas calles, y plazas, a los sitios de estudiantes, al bar
Le Marzet, este mismo donde un solitario
Bruno Yakoski ve acercarse la noche y los ruidos han vuelto a tomar su cauce, su rumbo, su
sentido.

Pero en aquel momento Daniela no ha-
bló de los sucesos que él suponía a ella protago-
nizar, ni en aquel momento ni en los que
siguieron. Es decir, qué fue lo que hizo durante
su primer viaje al País Vasco, qué o quién la
obligó a ir acompañada de Betín y quizá de
otros hombres sombríos, eléctricos, personajes
silenciosos que nada tienen que perder, que se
la juegan hasta la inconsciencia, arropados por
cortavientos para defenderse del frío, para ocultar las armas o su propia figura; trastocados sus
nombres; listos a enfrentarse a tiros con la Ertzaintza o con quien les salga al paso, llenos de
palabras duras, lejanos a los afectos familiares
que enturbien el trabajo, o… ¿sus negocios? Seres diferentes a Daniela, que debe haberse visto
frágil y huidiza en ese mundo de fugas tormen-
tosas, de sangre a flor de mano, de silencios
mortales.

Y mira hacia la superficie de la acera que ondulada corre hacia los extremos de la calle. Por primera vez en toda la tarde no frena lo que se está diciendo. Muchos calores lo asaltan, no es sólo el de la calle. Bebe de nuevo. Algo en las venas le dice: por fin el camino adecuado está apareciendo poco a poquito al final de un Saint André lleno de ruidos y de música: de un escenario de película mexicana en blanco y negro: un solitario charro enmascarado, montando bello caballo blanco canta acompañado de un mariachi sinfónico que no aparece en el valle que el jinete cruza; de pronto, el charro penetra a un set bombardeado, donde hay cuerpos tirados en el arroyo y en las aceras, en su camino el jinete se confunde con un coro que viste de trajes variados y aplaude a su paso; atrás, la escenografía muestra unos volcanes, la sombra móvil de unas mecedoras, el trazo de un río cruzando una ciudad, la sombra de unos gatos; los actores se ríen pegando sus rostros al de Bruno Yakoski que pide una bebida más y se limpia el sudor de la frente.

Set six

En toda su carne lo siente como si estuviera una vez más sucediendo, el estómago brinca y la bebida se une al recuerdo: carajo, al fin, por fin, ella le permitió el paso a su habitación, una invitación soñada después de tanta espera; la sorpresa lo sumergió en amorosa angustia, y sin saberlo en aquel momento, de devota inquietud los acontecimientos brincaron a los territorios del enojo, pero / pero / pero / —cuidado, eso lo hace manotear sobre la mesa de Le Marzet— llegó al enojo sin haber cruzado por las planicies del desencanto, de eso está seguro, decírselo una vez más para que raspe, como en su momento raspó; él lo acepta, sobre la mesa despliega mínimas reglas que le den sostén al momento en que ella lo invitó al set six: Bruno lo sabe, el fuetazo de las ganas es capaz de vencer al tropel de los sueños y entonces la palabra desencanto se enaniza, suena tan humilde como lo es el fracaso, malhaya, la derrota no cabe en Bruno, sería lo mismo que huir abandonando la calle donde los sucesos no lo han dejado mover del asiento ni siquiera para ir a mear a los baños, ¿a la izquierda, a la derecha, en algún jodido ático inaccesible para la palabra desencanto?

Carajo, no necesita apretar los ojos para volver a sentir los nervios que calaron con mayor fuerza al llegar frente a la puerta del set six; desde horas antes, esa especie de malestar en el estómago lo mantenía alerta, pensando que la esperanza cobraba cuerpo, claro, es lógico, cuando se busca algo no hay espacio para otros fines, y él supuso que la chica se había decidido a permitir que dibujara sus contornos, trazara sus perfiles; al demonio eso de contornos que bastante lo ha hecho esta tarde, mejor decir: él entraba para quitarle toda la ropa a la chica, hacerle sentir que el amor no se llama dibujar contornos sino chupar líquidos y se edifica de olores y quejidos. Penetra al cuarto, conoce la distribución de muebles y objetos, el cuarto es igual al suyo; desde la puerta la vio, era ella y otra tan diferente como si estuviera en un sitio desconocido; al mirarla él no quiso pensar que eso se debía al halo que rodea la ilusión de por fin meterse a las hondonadas de la chica, beberle los rincones y que ella sintiera en el sexo de él todas las ansias que había forjado a lo largo de los meses de seguirle el aliento. Un toque de atención sonó en el set six, Bruno lo escuchó sin querer aceptarlo sabiendo que la intuición es parte de la experiencia, carajo, Lorena entra a la escena de hoy y no a la del set six, la chica de la colonia Nápoles deja oír la inutilidad de sus proposiciones y quejidos.

...Bruno detecta que algo igual de absurdo a sus relaciones con Lorena anda pintando la habitación de Daniela, y de pronto la ilusión se oscurece como noche semejante a las soledades de la colonia Nápoles cuando él, aislado y ardoroso, con la turbia necesidad de regresar a su departamento en la calle Pensilvania, pateaba las calles de nombres de ciudades yanquis.

En realidad había indicaciones claras de que Daniela sabía que Bruno la amaba, pero la actitud de ella, la ausencia de miradas doradas, el reposo en la palabra y sus normales desplazamientos dentro de la habitación, le hicieron saber que esa noche iría a formar parte de un ritual no comprendido, pero tampoco amatorio. El minúsculo departamento olía a una combinación de esencias que Bruno no pudo identificar, mismos olores que él ahora trata de rescatar de sus manos que han dejado el vaso. Las huele. Las pasa por su boca. Por su barba de varios días. Las mira olfateando cada dedo que marca el vaho que está… detenido en el set six donde él mira una botella de vino sobre la mesita, dos panes, mantelillos y una sola flor colocada dentro de una copa larga. Ella lo invita a sentarse:

—¿Sabes el porqué de tu presencia?

Bruno revuelve esos momentos por razones obvias, no sólo por la posibilidad que se abría para cercar más a Daniela penetrando a ese hábitat oloroso, inclusive para cumplimentar algo tan deseado en todo momento: lamerle el cuerpo en el mismo sitio donde ella dormía, sino que el momento es tan puntual, de repintarlo un poco, bien lo podría proyectar contra los comercios que están frente a Le Marzet: la tienda de bolsas Talance, la casa de arte Metiers, sitios que él mira desde la posición de su cuerpo, con la espalda hacia la calle de Grands Augustins.

Daniela, sin siquiera besarlo tres veces en las mejillas, con dedo, mano, seña, voz, dijo que mirara lo que estaba ahí: Una silla de mimbre, blanca, se encontraba en la mitad de la habitación, cerca de la cama, como si la chica hubiera montado el escenario para que él apreciara en su totalidad cada trozo de la silla blanca de mimbre. Bruno no supo cómo reaccionar ante el mueble. Ni quiso medir la mirada risueña de la muchacha.

—Es de Oaxaca —le dijo, como si con eso la magia se concentrara en las seis letras: O a x a c a.

Bruno no supo qué decir, pero al ver la expresión de la chica creyó entender: en la silla Daniela deseaba reafirmar un viaje imaginado, pero además quería mostrarle a Bruno que dentro del set six se exhibía no un pequeño disfraz nostálgico: una máscara de Guerrero, una sirenita de Metepec, una reproducción del calendario azteca, esas mil cosillas que los mexicanos tienen en sus habitaciones; en la de Daniela estaba una silla, blanca, de mimbre, de Oaxaca, en cuyas fibras se ataban las aladas apetencias de Bruno; eso lo sabe ahora: fue una maldita forma de burlarse de él fingiendo amor por una silla del estado de Oaxaca que tiene más de quinientos municipios, de miles de caseríos perdidos en las serranías infinitas, y por esos sitios los cines itinerantes bambolean en los caminos para dar funciones en las plazas de los pueblos,

...así se ve tal cual, sentado en bancas largas, el piso de tierra, los ruidos de la noche, el revolotear de los insectos, asistente al espectáculo, apachurrado en Le Marzet y retratado en la pared de enfrente, sobre el letrero de la tienda de bolsas Talance, igual a una de las películas que pasan en los pueblos de México los sábados por la noche, en que la acción y caras de los actores se reflejan en la pared de la iglesia o en la del mercado, así, en Saint André, Bruno se admira a sí mismo: gira la cara de un lado a otro para ver la silla y el rostro de la chica. En la pantalla existe un trasfondo con tres colores: verde, rojo y blanco, los mismos de la bandera mexicana, pero están distribuidos de otra manera: una cruz blanca y los otros dos colores como adorno, no en la forma que se marcan en la bandera de su país. Entre los colores se ve cada una de las líneas de su rostro, arrugas en la frente, sus ojos recorren la silla y a Daniela como guía en ese periplo visual y, también, al mirar la silla, cada giro de la palma, tejida y retorcida, le recordará los años que llevaba en París.

Los rebordes de la silla de Oaxaca le dicen que Daniela no dijo de dónde la había sacado. A él le puntualizan el fracaso amoroso, y más allá: los casi cuatro años de vivir en esta ciudad, y aunque se ame un sitio, cuatro años se hacen más crudos cuando se subsiste dentro de estrecheces y demoledoras soledades. Durante ese tiempo él no había tenido el dinero suficiente para pagar el boleto de ida y vuelta, pero también supo, y lo reafirma ahora en que sigue sin tener el dinero para el ida y vuelta, como se dijo a sí mismo la noche de la silla de Oaxaca, que de tener el dinero suficiente para irse a México, no hubiera regresado a París, así lo comentó con Daniela, más bien, se lo confesó, aclara frente a su imagen y la de ella que se incorpora a la pantalla de la tienda de arte Metiers y la tienda de bolsas, se lo confesó en medio de unos cuantos tragos infrecuentes entre ellos, lo dijo hablando en voz baja cuando ella estaba con el rostro hacia la ventana, dentro de ese mismo set six, y en la calle el aire agitaba los árboles contrastando con la calefacción del cuarto.

En la pantalla todo se reproduce con nitidez, huele de nuevo el set six, bebe un poco de vino, mira el cuerpo de la chica sabiendo que esa no sería noche de amores, camina unos pasos para desde allá mirar de nuevo la silla de mimbre y cómo, apoyando la gran idea de Daniela, dijo, sonriendo:

—Estos bellos objetos no se ven en ninguna parte de Francia, no sería mala idea hacer una fiesta ruidosa para dar a conocer el mueble a los habitantes de la Maison du Mexique.

Por más que buscó refugio en el tono de la voz, la ironía afloró en su rostro. La chica resintió las palabras:

—Tengo mucho sueño —de pronto dijo ella y Bruno se dio cuenta del cambio de actitud.

Mira la rabiosa desilusión en los ojos, escucha el tono ríspido de las palabras en los labios de esa actriz que en close up aparece en la pantalla del cine universal llamado Le Marzet. Una actriz de nombre Daniela, que actúa a tenor de las circunstancias, de sus circunstancias. Una diva que se enfurece al no serle festejadas sus bromas sin medir lo que siente la persona que sufre sus rabietas. Así son las mujeres famosas. Las cantantes, las actrices veleidosas que no quieren hacer el amor teniendo como centro el peso de su cuerpo en una silla, aunque sea de Oaxaca.

* * *

En la película los créditos van apareciendo sobre paisajes y ciudades del norte de España. Se ve, al estilo del franquismo, en una copia del noticiero Nodo, gente que disfruta de las fiestas locales: competencias para premiar al mejor bebedor, al más veloz en cortar árboles, a quien resulte un glotón maravilloso, a quien cargue un mayor número de kilos. En fin, una panorámica del País Vasco a vuelo de pájaro turistero. De pronto, como si el celuloide se hubiera quemado, se ve la explosión, el regadero de cuerpos, sobre esas imágenes se escucha el golpeteo de un corazón, el respirar intenso fuellea el aire. El latido dobletea, a veces se detiene un segundo. Ahí está también el jadeo de una respiración que hace dupla con los latidos: Sshss, pum, sshss, pum, pum, sshs… el sonido cuadrafónico que sale de la pantalla se extiende por la barriada parisina, por los pueblos de la sierra oaxaqueña, por los calores del Pacífico mexicano. Entre la gente que corre para todos lados, una mujer avanza; de ese cuerpo afloran los sonidos internos repercutidos en las bocinas del cine callejero. Al fondo, en un tercer plano, el humo denso pinta el cielo, la mujer camina sin demostrar prisa, sólo el sonido de su respiración y el tambor del pecho indican lo que ella siente. Un auto, al parecer un taxi, espera en una esquina. La mujer entra al vehículo, la cámara toma un primer plano sobre sus ojos abiertos que muestran un leve tic desdibujando el color verde azuloso de la mirada; dobla el cuerpo para entrar al auto; la chica cierra los ojos, por ese gesto los espectadores se dan cuenta que al cerrarlos no sólo clausura imágenes sino descansa de las pasadas horas; una voz sale de la semioscuridad del auto, le dice algo, y ella contesta en tono fatigado, resignado, al tiempo que acepta con movimientos de cabeza, estira la mano y toma la otra, la que sin duda es masculina, la que está adornada con un anillo en el dedo meñique, la del hombre cuyo perfil apenas es visible y que sigue hablando con la cara pegada a la oreja de la muchacha, sin mover la mano a la que la mujer se aferra. Otro close up toma la mirada de la mujer, las palabras del hombre del anillo hacen que el rostro de ella se contraiga sin que la firmeza para aceptar lo que de seguro se le está proponiendo, abandone sus ojos.

* * *

Bruno pide un nuevo gin, piensa en la película silente, trata de borrar los restos de esa cinta contra los muros y de inmediato reacciona: no debe rechazar nada, la sesión debe ser incluyente aun con lo que le desagrade como la noche aquella de la pinche silla en que una cubetada de hielo palabrero le tumbó las posibilidades amatorias, tiene que aceptar cualquier imagen de ella, de eso depende conocer esa misma tarde-noche la verdadera historia.

* * *

Y siente la risa formando un nudo en el tórax, le da vergüenza soltar carcajadas, se traga la sonrisa, se machuca los labios para evitar que las risotadas salgan. ¿Por qué se ríe, carajo? Que alguien le venga a explicar la razón de sus actos, no sólo justificar la risa, no, también aclararle cuál sería el panorama obtenido en caso de conseguir la visión completa, la ganancia en caso de alcanzarla, al cansarla, el cansar de ella, el cansar de su vida, la de él, lo sucedido en los últimos meses, carajo, ni siquiera toda la vida, los últimos días, desde hoy hasta un par de semanas antes, carajo. Pueden ser los tragos excedidos para el número de horas. ¿Por qué la risa, carajo, se ríe de él o con él? ¿Lo hace al reconocer los pasajes y tener la capacidad de reconstruirlos así, sin esfuerzo?

Bruno, sacude la cabeza, necesita romper con esa cadena de posibilidades. Sin desearla, el juez tiene que estar seguro que existe la injusticia. Llegar a una conclusión anticipada es soslayar o minimizar los escollos, el veredicto podría ser provocado por el desorden de Bruno, nada más que de él mismo. ¿Se ríe por andar disfrazando a Daniela de artista que se presenta para el disfrute de un solo espectador en un desolado cine trashumante?

¿A eso se debe la risa incontrolable? No puede definir la razón y la risibilidad va desapareciendo; tampoco sabe de qué se reía hace un momento, ¿o fue hace meses?; quizá hace tanto, cuando la silla de Oaxaca amarró al cuerpo de Daniela y él enfadado se hastiara en la soledad de algo tan oloroso como el set six donde Daniela era su personal ópera prima.

Lugar de espadachines

Al parecer, el hombre negro se desprende de su letargo, o bien, al ser observado se note su movimiento; Bruno lo mira sin el distractor de las películas y los olores; el negro parece entregar una retahíla de datos que suben o descienden en tono modulado de acuerdo a su propia visión o mando; el tipo cita fechas que Yakoski no logra contrastar contra algunas de su memoria, es inútil, el negro cabalga a ritmo de su propio jaleo, a su personal sentido de gritar, de tamizar, de suavizar las parrafadas, para adornarse en un silencio no huidizo, sino expectante, como si el negro deseara que aquello o aquel a quien le habla entrara en razón al conjuro de lo dicho.

El sol anda en el último retintín de los tejados. Las mujeres del tercer piso del hotel se asoman dejando oír sus carcajadas. Bruno cree que ellas andan con ganas de brincar a la calle y entremezclarse con la gente. No entiende la razón por la cual esas mujeres estén casi desnudas invitando a que alguien desde abajo las llame para recorrer los cientos de bares del barrio, los restaurantes griegos alineados en Saint André o en cualquiera de las calles adyacentes. No entiende por qué esas mujeres, al parecer jóvenes, sin causa alguna den un espectáculo con sus cuerpos. ¿Serán noruegas, holandesas, españolas disfrazadas, mexicanas con peluca, sudamericanas corredoras de cocaína, o italianas que trabajan en lo mismo? Aunque no escuche con claridad sus voces y sí sus carcajadas, él supone que sean gringas. Él tiene el impulso de subir a decirles que bebe gin tónic, trae dinero para varias tandas juntos, integrarlas a Saint André des Arts en vez de sólo mostrarse desde las alturas; insiste, tiene el suficiente dinero para beber el necesario gin y quedarse anclado, con largarse no resolverá nada; continuará el atropello del dolor que de tan allá no lo siente; el sufrimiento quizá se envolvería estando junto a esas mujeres del hotel que bien podrían ser parte del escenario de otra película, una donde no tuviera como actriz principal a Daniela ni a su tramposa silla de mimbre.

Mudas de todo deben ser las habitaciones del hotel de enfrente, frente, justo a la puerta de Le Marzet, como si ambas entradas hubieran demarcado esas últimas horas en la espera de él, en los gritos del negro, en el retumbar de los instrumentos de los músicos. Ambas entradas son los extremos de un túnel unido, pertrechado entre sí mismo y la calle, estorbo de un arquitecto que no integró el conjunto en un núcleo con una sola entrada para el hotel y Le Marzet, donde un hombre busca atar coordenadas mirando a su vez una película donde un conjunto de mujeres con poca ropa baila teniendo de escenario las ventanas de un hotel y a tenor de un golpe de luces el conjunto femenino es de guerrilleros mimetizados entre los árboles, y una joven de ojos entre azul y verdoso se desdobla ante a un negro recitando una larga perorata en medio del fuego de metralletas y los golpes dados a una pelota vasca o de tenis.

De pronto Bruno pensó que podría atravesar la calle, alquilar una habitación del hotel y recorrer el puente entre los dos sitios sin tener que moverse más, no regresar a la Maison du Mexique, sino cambiar el decorado, habitué de un espacio y transformarse en músico, o en decorador de aparadores, aseador de aceras, refugiado no político sino amoroso, tránsfuga de su país, vendedor de patatas fritas... y al decirse patatas supo que estaba llamando a las papas a la manera española, y de nuevo el rostro de un Betín lo hizo pensar que mientras él supone alquilar el cuarto de un hotel de una sola estrella, el catalán-madrileño se había hospedado en la elegancia del María Isabel desde donde se ve en plenitud el Ángel de la Independencia, un ángel con tetas, carajo, los ángeles no tienen tetas. ¿Qué haría Bruno en este otro hotel, el de enfrente, cuyo nombre es igual al de la calle? Subir con las ¿gringas? del tercer piso, beber con ellas, manosearlas, restregarse en sus cuerpos gritando obscenidades; desde esas alturas mostrar una cinta fílmica saturada de explosiones, después imitar a las figuras torcidas de los muertos, magnificar la actuación de la actriz al enfrentarse a una patrulla fronteriza. Revolcarse con las mujeres sin dejar de beber ginebra. Disfrazarse de anciana. De clochard. Mofarse de un negro que desperdiga su relato en un francés donairoso, contrastante a la oscilación de su cuerpo en una historia de tonos disonantes a la ya inminente noche amalgamada en los tejados.

¿Y qué haría Daniela en esos hoteles fronterizos, impersonales, con la lluvia del invierno?; en la frontera del norte de España el frío es húmedo, brumoso: un mundo donde la aparición del sol continuo es de festejo abierto en las ciudades y pueblos deslavados en la neblina. San Sebastián es la tranquilidad de una caleta vista desde lejos y una elegancia que no quiere morir. Los montes acechan muy cerca de las construcciones. Bilbao la negrura de las chimeneas que se baten contra la figura de un barco alado junto al canal de agua. Irún el paso, la frontera que une a pocos metros de Hendaya. La chica, friolenta, se encoge contra ella misma, la temperatura en la calle mojada, ella mira desde una ventanuca perdida en el hostal que parece solitario. No se quiere meter bajo las frazadas húmedas, prefiere el ir y venir por la habitación antes que mantenerse estática cerca de la cama; como inútil promesa, las frazadas la invitan a envolverse en ellas. La chica camina de un lado a otro del cuarto de pisos de madera que crujen con la carga. Sus movimientos demuestran miedo; la espera le revuelve los golpazos en el estómago; su continuo atisbar imprime mayor desazón al tiempo que lleva ahí y que cuenta desde el momento de llegar al pueblo; consulta el reloj, es la hora precisa, el instante para salir y buscar la taberna y con disimulo, ninguna precaución es inútil, tomar contacto con un par de hombres barbados que se identificarán mencionado en voz alta la sabrosura del orujo de yerbas:

—Para el frío, lo mejor es zamparse un orujo —ella, sin darse a notar, toma rumbo al servicio, al pasar entrega el papel; regresa a su sitio, toma una taza de café muy caliente, espera que alguno de los hombres le haga una seña y volver al hotel de donde aterida ha salido y con miedo entra a la habitación con los mismos sentires.

* * *

Bruno Yakoski mira hacia arriba, ahí están los edificios de junto al hotel, los que le han servido de pantalla cinematográfica: Bruno y Daniela estuvieron de acuerdo: sería extraordinario vivir en alguna buhardilla, evidentemente por lo romántico de un París añoso. Y se dieron a construir la aventura: escogieron algunas posibles calles: Furstenberg, Benoit, o de Condé, en fin, por calles no quedaría; configuraron la buhardilla escogida. No era necesario describirla, todos esos sitios son más o menos iguales; centraron su imaginación en el decorado, en lo que cada uno aportaría para el mobilier. Sobre la mesa de Le Marzet fueron armando un croquis con los objetos: los colores de las cortinas, el sobrecama, los libros, hasta llegar a la silla de Oaxaca que podría estar al fondo, junto a la

ventana, como presidiendo la casa, exactamente.

* * *

Una silla de Oaxaca ausente en los cuartos de pensiones en Dax. O en los bares mugrientos de la orilla de Pamplona, con el piso
cubierto de colillas y servilletas arrugadas, el
olor de las frituras y los pescados chorreando
grasa. Los gritos de los camareros. Las máquinas tragaperras jugueteadas por hombres de
ropa deslavada, de miradas apenas puestas en
otras partes que no fueran el aparato y los dibujos fosforescentes que los harían ganar. Una
silla de mimbre, pintada de blanco se vería tan
extraña como Daniela debe haberse visto, esperando las órdenes, o el fin del operativo, con el
saco holgado y el frío continuo en el castañeteo
de los dientes.

* * *

La voz viene de ella diciendo lo extraordinario que sería conseguir una buhardilla cerca
de Le Marzet, extraordinario, repite, insiste.
—Pero París es una ciudad evidentemente burguesa —se dice y se contradice,
afirma y se retracta, el humo del cigarrillo le va
dando tonalidad a la palabra.
—Una mini buhardilla vale más que una
masía —abre los brazos como explicándose a
ella misma.

—Es evidente, en el centro histórico, sólo los ricos la pueden tener —y Daniela se escapó verbalmente diciendo de las malditas fronteras, incluyendo las internas de las ciudades, y se dio a repetir los nombres de las antiguas puertas de entrada de París, las de extremo a extremo,

—Son muchas —comentó él.

—Todas las fronteras son castrantes.

Él no la rebatió.

—Las puertas guardan a un París de espadachines como los Pardaillan —y ella se irguió como si fuera a tirar una estocada.

—Los espadachines del mundo combaten por causas justas —de nuevo se pone en guardia con una inexistente espada en la mano.

—Por eso hay tan pocos y tan incomprendidos —asesta dos estocadas al aire.

—Ahora París es sólo para los ricos, los espadachines nunca lo fueron —saluda con la espada invisible.

—Los tiradores de esgrima deben resignarse a vivir en la Casa de México —y se toca el pecho con los dedos.

—Con nuestro México como gran dador y con los mexicanos haciéndola de guardianes de su honra —se alisa el cabello.

—Eso somos nosotros, espadachines de lo inexistente —hace una lenta y gran caravana moviendo en la mano un sombrero que de existir llevaría una pluma.

Y se desboca en pasiones en contra de los males de París, las mismas palabras rompen, anulan, desdibujan la buhardilla que fueron formando en la charla frente a ese mismo hotel donde Bruno piensa hospedarse y quedarse ahí anclado, vendiendo patatas o tocando un charango. Trasmutarse en algún animal: y entonces ser menos que un gato, se clasifica, y se dibuja en la mesa con el agua que se escurre del hielo.

* * *

Bruno mira a un gato correr por la calle: la Bleise bien pudiera ser un contacto o un correo; Daniela y la mujer de los gatos fingían no conocerse pese a que Bruno, en varias ocasiones, las halló charlando. Desde cierta distancia, él las había seguido hasta que las mujeres se despedían sin beso o apretón de mano. El resultado de su observancia jamás fue comentado con Daniela, carajo, cómo se arrepiente al pensarlo de nuevo, no preguntó las razones o las conclusiones ni siquiera en la placidez del inicio de alguna noche en que la chica anduviera con el humor festivo. Se arrepiente de no preguntar. Se arrepiente de no cuestionar. Se arrepiente de no dudar. Se arrepiente de no averiguar. Se arrepiente de no haberlo hecho a tiempo.

* * *

Jala una más de las hojas de la cebolla al darse cuenta que Daniela se había escapado del divorcio de doña Lety buscando una casa refugio, y que en Bélgica, antes de llegar a París, tuvo que aceptar su soledad e iniciar un proceso de reaprendizaje en un nuevo código verbal, construido desde su silencio en el departamento de Coyoacán después de haber pasado su observancia, y su también silencio, en la casa de Atlamayas con las constantes reuniones vinosas, el auto grande que usaba Lety, las sesiones de tenis en el Club Alemán. ¿Es ésta la verdadera interpretación?, o es una más de las hipótesis jakoskianas. ¿Qué es eso de jakoskianas?, odia esas palabrejas, apaga el cigarrillo, la corrupción de los términos técnicos avanza dentro de su vocabulario. Será la incapacidad de ajustarse a los hechos sin usar palabrejas estúpidas que no dan más a la historia de ella que sólo en esas dos viviendas—viviría unida la familia, con Roberto como señor silencioso y Leticia luciendo la belleza, esto apenas unos cuantos años antes de que Mónica brincara de casa en casa y Daniela se fuera a estudiar a Bélgica y después a París donde se enturbia el cielo, el calor sigue dejando a Bruno a merced del hombre negro que muy pausado habla marcando la mano izquierda hacia lo alto para mostrar otros testigos más válidos que la gente de Saint André des Arts, quizá indiferente a esa historia,

¿Cuál historia?: la clasificada que menciona el negro, o la que Bruno Yakoski descubre parrafada a parrafada brincando cada vez más de prisa en los gin tónics que bebe en una de las mesas redondas, diferentes a una silla de Oaxaca que pese a ser su enemiga, a través del cordaje

de su armazón lo lleva a una carretera poco con-
currida, de curvas pronunciadas, donde una Renault Clio, con matrícula superpuesta, sale de
Dax rumbo al sur. Es tripulada por una mujer,
sin copiloto. Ella es joven, de ojos azulosos-ver-
des, delgada, usa guantes de piloto, conduce sin
nervios aunque un leve temblor se manifieste
cuando aprieta el acelerador. Con los ojos bien
puestos en la alternancia de la carretera y el espejo retrovisor, fuma un cigarrillo tras otro. Un
kilómetro detrás de la Renault, una furgoneta
Peugeot, Boxer, avanza conectada con el auto
de la chica por medio de un aparato de radio.
La mujer de ojos claros tiene como tarea advertir sobre los controles policiacos al conductor
del Peugeot cargado con cerca de novecientos
kilos de cloratita y casi sesenta y cinco de dina-
mita. Ella porta otra documentación con nombre falso. Con calma, casi en forma relajada,
ambos vehículos cruzan la frontera, siempre hacia el sur hasta empalmarse con la N-11, española, que los llevará a Madrid. Mira el cambio
de trazo en los pueblos porque de Dax a la capital española hay muchos kilómetros. Muchas
horas tensas. Innumerables guardias. Posibles
trampas. Errores factibles. Delaciones a la orden
del día. Titubeos sin cesar. Los nervios de la
mujer que conduce el auto se hacen de agua,
dificultan el manejo, lleva el corazón retum-
bando en cada giro, en cada columpio de la carretera. Ella atenta a prevenir por radio al
conductor del Peugeot Boxer de quien nada
sabe, sólo su nombre cifrado, Valverde, en clave,

por supuesto, en clave. La Renault Clio no es del año, inadvertida pinta, un viajante más en esa época de innumerables fiestas en las dos Castillas. Llega a Madrid, pasa cerca del aeropuerto sabiendo que pronto deberá volver ahí. Avanza hacia la ciudad. La chica va muy atenta a las reglas de tránsito para no caer en la más común de las trampas: la infracción mínima que descubra la acción máxima. La muchacha tiene ya un pasaje de regreso a París, pero antes tiene que llevar la Renault hasta el estadio. Vigilar que la furgoneta se estacione en lugar adecuado. Ella, desde lejos, ve al Peugeot detenerse en el parking lejano a las taquillas.

Bruno cierra los ojos.

La chica está cansada, huele su sudor dentro del auto, sabe de la pestilencia de los cigarrillos apachurrados en el cenicero. Le duele la espalda de tantas horas de manejo. El estómago es reptil que bosteza y se desenrosca.

Bruno carga los dolores en todo el pecho.

La muchacha ve cómo el tipo llamado Valverde abandona el vehículo Peugeot. Ella hace lo mismo, pero como doble precaución con una frazada limpia los sitios donde pudiera haber dejado unas huellas ocultas por los guantes; saca una pequeña maleta donde lleva algo de ropa, un saco rojo, entre otras cosas. Cierra el auto, lo abandona. Desde lejos ve la tranquilidad de los dos vehículos estacionados como si sus propietarios se hubieran adelantado para el juego de esta noche.

Bruno quiere dar zancadas lejos del sitio, meterse a su departamento de la calle Pensilvania a ver por televisión un juego de fútbol en estadio diferente.

Ella aborda un taxi rumbo al centro. Ahí cambia a otro, ordena ir al aeropuerto, terminal uno. Sigue fumando sin cesar. El cansancio le aprieta los ojos y la humedad las palmas de las manos. El aliento es tan amargo como las horas del auto en la carretera. Del tripulante del Peugeot nada sabe ni deberá saberlo nunca. Eso sí sabe. Ni siquiera quiere retener algunos detalles de su rostro al que sólo ha visto de lejos; parpadea para borrarlos de su recuerdo, para no fijarlos en la retícula de sus párpados.

Bruno puede mirar al Peugeot Boxer, no es difícil imaginar los sucesos en una noche de fútbol, este juego que a él le aburre y veía antes de comer huachinangos fritos, allá, tan lejos de este otro estadio que no está a su vez en alguna parte sabiendo que debería estarlo.

Entonces bebe de un solo tirón el resto del líquido y por un momento aguarda antes de pedir uno más; mira a través del vaso como si fueran lentes especiales. Repasa la saliva. El plañido del trago anda en sus venas. Afina los sentires. Le permite apartarse de Saint André. Volar hacia el sur. Poner rostro y ojos y manos y orejas y piel y dudas en el calor desparramado de la explosión. En el trepidar de los edificios cercanos. En el chasquido de los vidrios rotos. En el olor del humo. En el aullido que se arremolina en el estadio. Eso y más se palpa y se huele en el sudor que le recorre sin que el frío del gin tónic logre detenerlo.

Carajo, sin que nadie logre detener nada, ni siquiera la visión de un Pardaillan femenino tirando estocadas a la noche, ni mucho menos el recuerdo de lo que aún, malhaya sea, aún no quiere unir atando cada uno de los colgajos.

Gatos

Al no reflejarse en el espejo del establecimiento inmediato a Le Marzet, Bruno supo que su figura se iba evaporando, él así lo intuyó desde que su cuerpo dejó de verse en la luna del negocio vecino, viaja, regresa hacia las primeras semanas de su encuentro con Daniela, planta su postura en aquel momento cuando él, que apenas si se fijaba en su vestimenta, descubrió mirándose varias veces al otro espejo del otro tiempo mientras silbaba tonadillas alegres con las que saludaba a la gente de la Maison, porque algo que quizá fuera una paz hoy tan añorada se le dormía en el alma sólo por el hecho de caminar junto a Daniela, y con dos sentimientos amotinados:

...que la vida jamás le hubiera dado un solo carril para transitarla, carajo, las ganas de tenerla siempre junto a él;

...y la otra, la necesidad de escuchar las noticias frescas de México: El retiemble en sus centros la patria, la nostalgia de las calles aunque lo llevaran a malos recuerdos, las comidas y la música, la facilidad del idioma que no cansa, la tranquilidad de no pensar en la sobrevivencia del día siguiente con la nostalgia a bordo de la misma barca.

Y sólo de volver a sentir ese universo de recuerdos, recuerda lo que a su vez olvidaba tan sólo de sentir la mano de Daniela. Agradable era oír los sucesos de su país por medio de la voz de la chica, que conocerlos en la esquemática dureza de la internet; era ir uniendo las referencias de la muchacha con los recuerdos de él, amalgamar el mundo de su departamento de la colonia Nápoles con las condiciones en que se encontraba su patria, los acontecimientos, relatados por Daniela dándole pausas, fugas, con su personal interpretación, con la molestia agria que a Bruno le amargaba la boca cada ocasión en que ella llegaba tarde a una cita. Ahí empezó a notar la impuntualidad de la chica y el grado de interés que le despertaba, pues la molestia por la ausencia era prueba de lo que la muchacha pesaba en su ánimo, el interés que le despertaba esa joven delgada y medio lenta en su caminar, de quijada dura, de ojos lineales cuando se daba a pensar en algo. Utilizó fórmulas estadísticas para medir el efecto que en él ejercía la joven de dientes un tanto desiguales y que fumaba como si cada cigarrillo fuera el último del planeta. Que no utilizaba adornos en las manos:

—Siento que llevo cargando pesas.

Pero también en esos primeros días Bruno encontró a una joven que se refería a varios asuntos de su entorno pasado: sus estudios, su hermana, la inestabilidad de su padre, y el dejo de orgullo con que la chica se refería a su madre:

—Es muy bonita, con mucha personalidad, evidente, el tenis la mantiene en buena forma.

Con risa mencionaba al padre y su compulsión de no dejarse ganar por los años.

—No quiere que la vida lo atornille a una sola mujer.

Y como si el asunto le causara molestia, de un solo giro especular sobre su regreso a México: Para enseguida desdecirse de lo dicho como si alguna fuerza la obligara a cerrar el pensamiento sobre un futuro lejos de Europa.

—Todavía no es el tiempo de la marcha.

Y le iba cambiando el rostro.

—Primero se debe abonar el terreno.

Y como si una luz roja le pusiera un freno, ella dijo:

—Los sacrificios tienen recompensa —para en seguida marcar otros rumbos al giro de la charla y después quedarse callada.

Pese al silencio, en aquellos momentos de soledad Bruno creía estar a punto de escuchar de ella una historia menos obvia a la repetida a diario, repetida, carajo, si la personalidad de la chica daba para más que esa acumulación de datos planos, pero como con Daniela no había seguridad en nada, se mantuvo alerta al salir del cine y ella habló:

—Tengo miedo de quedarme encallada en España.

—Dirás en Francia —Bruno recuerda la velocidad de su respuesta aclaratoria, más bien las dos, la de él que dijo lo de Francia y la de ella que replicó:

—Eso dije, en Francia.

Él trató de hacerle ver su error, porque dijo España, pero ella no le permitió hablar sino que se dio a largas parrafadas: mencionó sentirse sola, recordaba a su familia, a un México que ella anhelaba sin la pesadilla de la corrupción, con un verdadero federalismo y de vuelta a los males y las formas de combatirlos.

—Lo único que vale es la independencia de los estados —como si con eso cerrara cualquier charla.

En aquella ocasión, Bruno palpó a una mujer vigorosa, inmersa en un borbollón de ideas que se derramaron cuando la noche y el frío los movieron de la banquita donde se sentaron, cerca de la entrada de la Maison, porque antes de partir él, con voz pausada, le dijo que si temía quedarse varada en España, pues no le veía la razón a los viajes de ella.

—Sólo que algo muy fuerte te obligue.

…y en Le Marzet, frente a un trago semivacío, con los ruidos de la gente, dobla y redobla la voz al escuchar y escucharse decir eso de que…

—Si te llegan los temores de quedarte en España, no deberías ir para allá con la frecuencia que lo haces…

…ella de nuevo irguió el cuerpo, lo tensó, lo miró muy adentro diciendo que era tarde y lo mejor era irse a dormir con tranquilidad.

—Además, nunca mencioné España.

* * *

Las acciones y hechos en la vida de Daniela sirvieron para que él formara gráficas y fichas jamás escritas, la charla de ella era más vital después de las cinco de la tarde; Daniela era verborreo, reflexiones, lecturas de los diarios, análisis de cómo podía quedar la situación política de allá, de los ajustes en el gabinete, repetía los chismes que se desataban en la Maison du Mexique y que Daniela sabía valorar y aplicar.

La joven, además de recibir extensa correspondencia de Bélgica, leía sin respirar las noticias sobre lo que la ETA realizaba en ambos lados de la frontera. ¿Pero qué hacía ella? ¿Cuál su papel, en caso de tenerlo? ¿En dónde encajaba una mexicana en todo ese asunto? ¿Desde cuándo estaba ella involucrada, en caso de estarlo?

* * *

Como si fuera un monólogo, Bruno tomó impulso para hablar de la posición actual en la política de los vascos, de la ambivalencia que oscila entre la democracia y los asesinatos, de la participación de ese grupo en la época del franquismo, de su rol dentro de los movimientos de resistencia, porque es sabido que... entonces ella carraspeó y con voz suave dijo cortando la perorata:

—Se jugaban la vida a cada hora.

—¿Por qué hablas en pasado? —contestó él marcando una a una las palabras.

—Es sólo una fórmula, no trates de enredarme.

...al oír eso, él cambió el tono de la charla con ánimo que la joven sintiera que se podía armar un análisis serio sobre la situación de los...

—Férreos vascos... —dijo él sin buscar un tono burlesco en las palabras,

...repitió eso de los férreos vascos para agregar algunas otras ideas y por último, decir de las ganas que tenía de leer lo necesario sobre ese fenómeno social, inclusive, ver el documental que sobre ese asunto estaban exhibiendo en uno de los cines de la C.U.

Ella, ahí, levantó la cara:

—La verdad resulta oscura si se mira a través de la propaganda manipulada por desconocedores.

Él con calma habló un poco más del asunto, de la lucha que se daba en la zona de influencia etarra, en la división de opiniones sobre los métodos del grupo, y ella caminó sin aparentar ser receptora de algo, pero al oír que Bruno repetía lo discutible de los métodos señalando lo que algunos diarios decían, ella masculló un:

—Merde —seguro, más bien casi seguro que lo dijo, o por lo menos Bruno así creyó escucharlo.

* * *

El pensamiento con los gins es más claro, mucho más, no importa ni el número ni los ruidos, eso le permite armar a esta Daniela infiltrada en cualquier parte, verla pasar de instantánea a foto digital hasta detener el carrusel y descubrirla platicando con madame Bleise: Están bajo unos árboles, charlan: la chica escucha con la cara al suelo y la mujer apenas mueve la boca y las manos. ¿Charla entre alumna y profesora? Bruno detalla cómo va vestida la chica y el color de la pañoleta de la mujer, eso para tener una prueba en caso de que Daniela lo niegue. Cuando él preguntó de qué conversaba con la mujer, ella, Daniela, sin mostrar sorpresa contestó:

—De la tarde, de la belleza de los gatos —y que la madame le había confiado el nombre de algunos de los animales, mismos que nunca le quiso decir de una manera directa, sino que en ocasiones, al pasar, los iba llamando en una secreta colusión entre el gato, el nombre y ella.

* * *

Esperando algo sin definir pero que presiente, quizá la llegada de la muchacha, Bruno bebía café de la máquina de chocolat-coffee and the tea situada en la entrada, a mano derecha, precisamente frente al mostrador de la recepción de la Maison que Bruno ocupaba en aquel

día en que ella llegó, y que siguió ocupando meses más tarde hasta que pudo ser relevado por
Vadillo, el campechano que quería ser escritor.
Bruno Yakoski no podía usar los fondos del negocio dejado por su padre:

—Es mi seguro de vejez, mijito.

Y la señora seguía viendo las telenovelas,
rezando porque a su hijo le fuera bien en ese
país al que nunca había querido visitar, no sólo
por el miedo a los aviones, y el frío le repugnaba, sino que los gastos tundirían las finanzas
de la tintorería La Flor de Sotavento.

Cómo no iba a odiar su trabajo en la
Maison, él, economista, con grado de maestría
y en busca del doctorado, estaba ganando francos que le quitaban horas junto a Daniela, quien
después de charlar unos momentos con él, se
iba a esos paseos desconocidos, que él suponía como viajes por el metro, visitas al zoológico para ver a las gacelas blancas, revisión en
tiendas de baratijas, charlas con mimos pin-
tarrajeados, hartazgos de crepas, atisbos a los
vociferantes turistas al entrar a los hoteles, y se
recalca la palabra vociferantes pues de qué otro
modo podría etiquetarlos, se dice en voz alta,
después baja el tono para no ser objeto de miradas de los otros parroquianos de Le Marzet
quienes de seguro no entienden la actitud de un
tipo solitario que a veces se ríe, a veces mete la
cara casi al nivel de la mesa, en ocasiones mira
a las ventanas del hotel de enfrente, pide trago
y trago, con el dedo dibuja algo en la redondez
de la mesa y no demuestra la molestia de las ho-

ras pasadas ni por la ausencia de amigos ni por el calor que no ha disminuido pese a que el sol hace rato dejó de brillar con intensidad en la calle.

¿A esos vagabundeos se dedicaba Daniela en sus escapatorias por la ciudad? o era el pretexto para establecer los contactos, asistir a reuniones disfrazadas, consultar mapas, revisar datos. Y ve a la joven caminar despacio, como si no existiera algo llamado prontitud. Y si en París la chica era inútil al inicio del día, ¿cómo serían sus mañanas durante sus andanzas fronterizas? ¿Cómo respondería en caso de una emergencia?

Tiempo después habría de saber el comportamiento de ella durante las mañanas, pero aun así lo pregunta y lo pone en la alfombrilla inexistente de la mesa. Con detalle conocería su forma de actuar por las mañanas, eso fue durante los viajes a Londres o a Arnoville, en esos sitios porque la cercanía permanente de ella se lo hizo saber: pero en esos viajes, ¿ella se comportó igual que si estuviera sola en París o en otros lados? No, no fue así, en Londres, Daniela era la primera en salir de la habitación, hablaba sin cesar tanto con el sujeto español de manos vendadas como con los dueños del hotel.

Fue tan rápida la visita en Arnoville que no tuvo tiempo de marcar paso a paso, pero ese viaje algo le dijo, sobre todo por la forma en que ella se comportó en el hotelito de apenas una estrella, igual al que se levanta frente al bar de Saint André.

En París, durante las primeras horas del día, Daniela era otra. Tan otra que muchas veces en la noche anterior hacía planes diciendo:

—El primero que se levante, despierta a su compañero.

Dichito que Bruno conocía por haberlo oído en la voz de su madre, doña Licha tan llena de giros, tan risueña con su diente de oro y su jarochidad que se le fue apagando en los aires oscuros del Distrito Federal. ¿Qué estará haciendo doña Licha en este momento?, no en este preciso momento por el cambio de horarios, pero sí al salir de la cama del departamento de la colonia Nápoles antes de irse a trabajar a la tintorería, ¿en qué estaría pensando?, ¿cómo podría funcionar en la soledad de su vida, si la señora estuvo siempre acompañada de su Checo del alma? Mamá, que por un momento la señora se olvidara de su Checo del alma, se olvidara de sus miedos, tomara un avión, corriera por París, llegara a la calle donde está su hijo, él, se sentara a su lado, luciera el diente de oro, escuchara lo que Bruno quiere decirle, que aplicara su jarochidad dándole rienda suelta a su imaginación costeña y le regalara una receta, una sola, que ayudara al economista a sobar su dolor, a entender las razones de la ausencia, carajo, pero doña Licha apenas baila en la calle como si no conociera a nadie, y menos a ese tipo que se dice ser su hijo y que no tiene facha de costeño, sino como de algún paisano de don Checo de su alma.

* * *

—El que se levante primero, despierta a su compañero —Daniela amarraba el compromiso adquirido más por juicio de ella que por solicitud de Bruno, quien en una ocasión preguntó si la levantada era con el teléfono o con el codo. Ella lo miró sin ira, riendo por más que Bruno intuyó que se quiso poner seria como si algo se hubiera tropezado en la garganta. Qué candidez, sorprenderse por una bromilla tan débil. Cómo poder unir a esa chica enrojecida por unas palabras de broma naif, con aquella otra: a la que Bruno pretende moldear con barro de terrorista.

Las ausencias y tardanzas de Daniela eran parte de ella, como esa primera vez de la cita mañanera, la chica, usando el teléfono interno, le explicó que se sentía mal, durante la cena algo le había caído pesado.

—Toda la noche me la pasé con dolor de estómago, no he podido dormir ni un solo segundo.

Él se aprestó a comprarle algo en la farmacia, y ella:

—No tiene caso, es cosa de descansar, ya para la tarde voy a estar como si nada, evidente, mi estómago no tiene la misma resistencia, aquí se pierden las defensas, discúlpame —dijo antes de colgar y él quedarse con los sándwiches listos, la botella de vino, apenas un Beaujolais del año pero al fin y al cabo le había costado el dinero ganado en el aburrimiento de las horas en la recepción. Entonces pensó en guardar todo, pero los emparedados se iban a achorar —como decía doña Licha al preparar la ensalada y él tardaba en sentarse a la mesa:

—Se va a achorar, mijito —oye la voz, ve el cuerpo de la señora, huele el aliento a cebolla, a yerbabuena machacada; la mamá se envuelve en danzones quebrados.

Y con el paquete de la compra cargando como trasto viejo, se tuvo que largar a la parte de atrás de la Cité Universitaire, y en esos bosquecillos donde hacen ejercicio o se asolean las alemanas, soberbias, fuertes, de cuerpos altos, de cabellos dorados, pensó en comer y beber, pero se decidió por los sándwiches, el Beaujolais lo iba a dejar para la noche a ver si Daniela se sentía mejor.

Y llegó a lo que con risa llamó eclecticismo, fue a ver el estirar de músculos de las alemanas, los pechos libres, los cuerpos duros, mientras él comía los emparedados mirando-admirando los vellos de las axilas germanas.

* * *

Vellos que un día, quizá al siguiente, vio en Daniela. La chica se los dejaba crecer como para decirle a él, y a ella misma, que cada vez estaba más dentro de ese mundo de la Cité, que portaba el disfraz completo, anotado por él en la gráfica inexistente para ir descubriendo los modos de la joven que en las tardes renacía en volar de sonrisas, en discusiones o en lecturas después comentadas como si fueran de su propio descubrimiento.

Daniela aún no había contado nada de Betín. Bruno no sabía de las visitas de ella a España y menos de sus otros desconocidos viajes. Estaba, sin saberlo pero presintiendo, a unos días de meterse entre sus piernas. Acariciarle las nalgas. Beberle los pechos pequeños. Oler la cavidad de las axilas. Cercano a escuchar cómo la chica, en un acto que él juzgaba incomprensible, tapándose la boca con la mano, sometía a la censura sus quejidos, frenaba la queja del placer, metía la cara bajo la almohada cuando el coito duraba en el jineteo, sin que él la convenciera de que dejara salir sus sentimientos, que el placer es más sólido cuando existen los gritos que lo acompañan, si eso es una expresión de libertad, igual de libres que fueron los besos que él arrastró por cada línea de los ojos azules, medio verdosos. Pero eso aún no lo sabía, como tampoco lo de los viajes porque estaban a unos meses de ir a Londres y Arnoville, y en aquel momento él sólo tenía algunas noticias de la vida de Daniela como el accidente de automóvil meses antes.

* * *

Y no llegaba el momento de ver al hombre apuñalado, porque eso, evidentemente, repite al dejar el trago sobre la mesa, aún no sucedía, se dice, insiste; golpea lo redondo de la madera, pronuncia palabras que pretenden contar la historia; gatos de nombres extraños huyen del sitio, quizá sepan, como quizá lo sabe Yakoski, que el canto de las cebollas es otro; Bruno busca el alma del bosquejo quitando una a una las capas de la liliácea, deja que el olor avance más allá de sus dedos, tira golpes con el palo adornado con que se rompían las —sus— piñatas, escucha cada vez más lejos el maullido de los felinos.

Y bebe, la tarde es ya una débil línea de sol, él debe ir más allá de donde se encuentra. Un viaje al fondo del interior donde Daniela es faro que arde, se apaga, se prende igual que si marcara los terrenos de una desconocida costa de arrecifes tramperos, carajo, como lo es este viaje a tenor del rumbo.

Yesterday

Vaya, ahora la voz del negro se mueve como bandera por los espacios entre el hotel y Le Marzet. Reverbera, brinca hacia los costados: rumbo a la tienda de ropa Britannia; con dirección al otro hotel llamado Eugène. Reclama, invita, acorrala, cuenta historias fronterizas, susurra el nombre de una mujer, describe animales parecidos a las gacelas, dibuja paisajes serranos, hombres bravos, menciona mujeres soberbias y pueblos de calles quebradas.

Bruno escucha como si de pronto aires nuevos hubieran llegado desde mil sitios, atiende pero no lo aprehende, lo deja libre como la brisa en medio de un sol que ya no agrede a nadie con su luz porque los edificios la cortan, dejan resquicios en las fachadas de las casas, sobre todo en una, la de junto al Hotel Saint André.

Desde su lugar, y entre las palabras del negro que ahora han bajado de intensidad y largueza, Bruno Yakoski observa, detiene los ojos en la parte posterior del edificio, sobrevuela la construcción, penetra al interior, y busca entre las viviendas sin tener dudas sobre la distribución que ocupan los departamentos en ese espacio donde las sombras pintan manchones.

Sabe que Daniela ya se hubiera dado a la tarea de reconstruir y cambiar otros planes sobre la posibilidad de vivir juntos en ese mismo edificio al que Bruno mira, sabiendo, también, que después de haber dispuesto la colocación de los muebles y los horarios de vida, ella, con los mismos argumentos enrabiados, hubiera desechado la posibilidad al aceptar que con el dinero que contaban eso sería imposible.

—Tan claro como el agua, evidente, un lugar así tiene limitantes, pero ¿te imaginas el espectáculo diario? —ella mueve las manos, fuma, mira hacia el cielo.

* * *

Bruno Yakoski sabe que esa tarde-noche tiene otro yo dentro de sí, diferente a las sombras iguales, a los colores de los árboles que se miraban desde la ventana del set six, cuando ellos dos, encerrados en la habitación en esos domingos en que las calles eran dejadas de lado hasta por los turistas, se daban a charlar sobre la manera en que podrían vivir en otro lugar que no fuera ese minúsculo cuarto universitario, oloroso sólo a ella, y del que Daniela, sin dar explicaciones, a veces se marchaba para refugiarse en el salón de junto a las máquinas lavadoras a ver la televisión, donde aparte de los servicios de café y té, estaban los teléfonos públicos.

Los que saben, dicen que las charlas en los celulares pueden ser detectadas desde un satélite, ¿eso haría que ella no los usara? Que es más sencillo ocultar una llamada si se hace desde un teléfono público, ¿eso la hacía escabullirse hacia el sitio de los teléfonos públicos de la Maison? Alguna vez Hinojosa, el de Monterrey, expresó sobre el reino mimético de los teléfonos públicos, ¿Daniela propició esa charla al decir que Hinojosa sabía mucho del tema?:

—Odio los móviles, son grilletes —expresó Daniela sin que alguien le preguntara algo o viniera a cuento el comentario.

Móviles, ella usaba el término acostumbrado en España. Móviles-celulares, son tan grilletes como los horarios para recibir llamadas en teléfonos públicos. ¿Qué significa un solo grillete si a pasto los hay a cada paso de la vida?, malhaya, las palabras tienen tantos sentidos como les quiera dar.

Dentro del set six, él, tendido en la cama, la mira salir de la habitación, se queda con las sombras de la tarde enroscadas en el movimiento de los árboles, creando figuras con hojas y ramas, construyendo imágenes y reconstruyendo ideas; así lo sabe y así lo ve sin mirar al construirse esas mismas formas aladas al decir el nombre de la chica.

* * *

Escucha que alguien enuncia, pronuncia, anuncia ese nombre, el de Daniela, quien a su vez entra al llamado diciendo lo hermoso que sería vivir en ese edificio de enfrente, en ese, y lo señala con el dedo, ah, y cuando Bruno saliera a la calle:

—Caerte encima, desde allá —la chica señala la ventana del cuarto piso, también muestra su risilla marcada a explosiones, a raudales, siempre y cuando no la envolvieran esas rupturas internas. Ella lo expresa con el dedo latigueando el aire.

—Es evidente, desde la ventana del departamento voy a vigilar tus movimientos.

Vigilar, observar, inspeccionar, atender, velar, cada palabra con igual significado: acechar a alguien. ¿Lenguaje contaminado por lo que ella hacía lejos de París?

—Desde las alturas sabré qué comes, cómo te quitas la sed...

...y más que eso, que ya es bastante...

—Podré patrullar la totalidad de la calle —y su rostro no muestra ningún cambio al decirlo.

* * *

La calle es una extensión ondulada hacia abajo, Bruno no la abarca por hallarse sentado, la gente y los autos estorban, y por más que él conozca los sitios de enfrente, o más allá de su área de visión, esos sitios estorban, carajo, no es lo mismo que si todas las personas y autos y ruidos y olores y espectros desocuparan cada centímetro de la trattoria y él, solitario, acodado en la mesa redonda, pequeña, viera a una Daniela avanzar desde el lado del sol —que para este momento ya es un fulgor dolido— con las manos entrancadas en las bolsas, el cigarrillo entre los labios, echando humo, y así meterse al silencio de la calle y mirar, con sonrisita de sorpresa, el gin tónic plantado sobre la mesilla. Ella caminará sin ser detenida por nadie. Sin ser dibujada por cámaras fotográficas o películas de cine itinerante. Sin que Betín y los otros hombres salgan al paso atropellando con el ruido de los disparos, o del motor del Bemedobleú.

—Bemeuvé —dice ella.

Carajo, que al caminar ella se vaya librando de los lémures, se integre a los ruidos, gritos, movimientos de la tarde que de nuevo funcionan como si nunca se hubieran ido, y tomando asiento, atenta, escuche toda la barahúnda del micrófono portátil de los ingleses que a dúo, a trío, a cuarteto, que es lo más cercano a lo que debe ser, entonan Yesterday. Entonces Bruno Yakoski, es decir, él mismo, Morales de segundo apellido, sabe de la existencia de un pendón beatleano que permite el regreso de los ruidos y la gente, el vaivén de los meseros, el ronronear de los autos, los gritos de las ¿gringas neoyorkinas? Con los ruidos regresa también Daniela dejando a Bruno también sin palabras, él mueve apenas la línea de la bebida, con las manos puntea: del cigarrillo al revolvedor amarillo; mira las tonalidades de los edificios pensando en algún parecido con las habitaciones supuestas, presupuestas por Daniela.

Ella penetra a la habitación nunca arrendada, se cubre con su saco rojo, porta una sonrisa tímida, hablan, se besan, se tocan las manos, se beben las miradas, se delinean las venas, se arrancan la ropa y se tumban en el piso, se lamen los huecos, muestran sus goces: él se queda mirando cómo ella abandona la habitación portando gafas oscuras, ropa para pelearle al frío, bufanda al cuello; él mirándola desde arriba, vigilando sus pasos, al revés de como ella dijo que podían hacer en caso de vivir juntos en el edificio de enfrente, ese que se cubre poco a poco de sombras alargadas.

* * *

Todos regresarán para oír la verborrea negra que profunda marca las huellas oscuras del edificio de enfrente que jamás los albergó porque Daniela nunca hubiera aceptado vivir ahí con la testiga adhesión de él; no aceptaría despertarse en las mañanas junto a un hombre al cual no le podrá dar disculpas por su inactividad, ni decirle de la necesidad que tiene de no moverse del lugar, por horas o por días, por estar esperando alguna llamada. Y engrillada en la cama intente justificar sus ausencias, fingir prisas cuando Bruno sabe que a ella le gusta amodorrarse pertrechada contra la almohada, suspirar, atrapar a la oscuridad hasta el límite de las persianas, beber café entre sueño y bostezo para después, sin aviso, dejarlo solo a él, a Yakoski, solitario con ese grito del negro que a veces murmura un nombre propio parecido al de Daniela, en ocasiones menciona gacelas blancas, cuenta de la torpeza del amor entre cándidos, palabras que posiblemente busquen inquietar la conciencia de él mismo que grita, bebe sus supuestos sobre una jovencita escondida en una buhardilla que pretende ser hogar de unos pacíficos extranjeros.

* * *

La chica espera en la puerta de un bar, ¿Nantes, Royal, Vizcaya? El nombre no importa, quizá la muchacha espere a un tipo alto, barbado, medio calvo que ha llegado del norte porque así se lo han advertido; el tipo viste de azul, lleva una gorra marinera, un maletín color guinda de donde sacará un sobre, ¿datos que deberán ser entregados a una vieja? una mujeruca rodeada de animales, solitaria, gruñona, quien a su vez entregará a la chica otro sobre quizá conteniendo mapas y notas que deberán ser llevados, entre cuadernos y libros que todo estudiante utiliza, hasta el otro lado de la frontera, en Navarra.

Y de allá, después de varios días de sosiego, cuando la calma se asiente en la vida cotidiana, la muchacha, luciendo airosa una boina roja que sólo los turistas desfasados portan en otra época que no sea la de San Fermín, regresará a París para entregar otro sobre a la vieja envuelta en un chal gris como si fuera uniforme de campaña, y que cubierta por el manto camina por las veredas de la Cité Universitaire, mimada por unos gatos acechantes entre los ár-

boles que como tribu inglesa canta un Yesterday
sin idioma.

Estilete

Él vuelve a mirar el escenario en Saint André des Arts, y ahí de nuevo tiene el recuerdo: las ratas cuelgan boca abajo de una batería de garfios adornando el aparador de una tienda. Con la exacta precisión de un mal sueño, Bruno las mira a través de las vidrieras de la tienda. El aparador no muestra productos, son las ratas el único adorno, la señera demostración de la verdadera atmósfera. La gente pasa sin volver la cara hacia la vitrina, sólo los turistas o despistados, haciendo gestos en agria ensalivada, se enrolan en esa escena. Los animales son enormes, tan grandes como los que pululan por el antiguo mercado de La Merced en ciudad de México en donde comerciantes, compradores o gente sin oficio se atropellan con cargadores sudados y morenos que llevan las mercancías sobre unos aparatos que por allá les dicen diablitos, carajo, llamarle diablitos a unos trebejos que sirven para cargar los fardos y golpear a los cándidos que no brincan cuando se les anuncia que:

—Ai va el golpe.

…y —distraída por el dolor y por la risa y el contoneo de las putas oscuras, de faldas estrechas y vientres abultados—, la víctima recibe el testarazo del aparato de hierro, del mentado diablito, dueños de ese territorio del centro de la ciudad de México donde impera la convivencia de los olores de la basura con los de la comida grasosa, tufo que vaga en el aire, impregna ropas, cantinuchas, se duplica en las inmundicias de las aceras, entre los gritos que insultan, acompañan a los chiflidos en clave que marcan territorios o buscan apoyo; Bruno oye el estruendo de un mercado lejano mientras ve el aparador de Les Halles, escucha los gritos de La Merced y también está atento a las ratas colgadas, las de París, las mira tratando de no manifestar asco como el de Daniela quien arruga el rostro, fuma:

—Una sola es capaz de destrozar a cualquiera de los gatos de… —sin terminar la idea que él completa sin decirlo.

—De la Bleise —remata Bruno y la chica vuelve a arrugar el rostro.

Las ratas, con su piel negruzca y sus manos rosadas, están inmóviles en el gancho que las detiene, Bruno se las imagina correr por los desagües, mover los bigotes, comer, detenidas en sus patas traseras, el trigo o las frutas almacenados en el mercado. Daniela cierra los ojos, así como él por unos momentos al igual los cierra porque Saint André des Arts sigue en ese movimiento que no ha cesado desde que llegó hace, ¿tres, cuatro horas?, ¿siete, nueve gin tónics? ¿Por qué aparecen las ratas de La Merced y de Les Halles a sugerirle caminos siniestros en el momento en que la figura de Daniela es nítida en los recuerdos?

* * *

A su abuela, la viejita de las manos inquietas, las ratas le causaban horror porque quizá la presencia de esos animales la transportaba a los años de la prisión, del Stalang, como decía don Checo. Un horror que Bruno intuía al palpar la impresión que a la abuela le causaban las ratas cuando al escuchar algo sobre ellas, la anciana se levantaba de su asiento farfullando:

—Da-da-da —mientras cerraba los ojos y se tapaba los oídos con una fuerza no intuida en sus manos. Y si la mujer de cabello suave y largo no podía escuchar que alguien hablara de las ratas, menos saber de su existencia; por eso el tío Miguel, de quien archiva una carta aún no contestada, cada mes pagaba el servicio antiplagas para que por todos los rincones de la finca de Chalco entrara el veneno matando la posibilidad de que un solo animal rondara la propiedad cercana a los volcanes tan queridos por los abuelos.

* * *

Carajo, no puede estar borracho, lo sabe pese a las ratas dándole de vueltas, se untan a sus piernas, invaden los espacios de Daniela, caminan sin prisa junto a la gente de la calle, se alzan de patas para mirar los restos de comida y alguna se atreve a subir a la mesa, vigilan de frente el contenido del vaso, malhaya sea, Bruno Yakoski, en vez de pelear contra la figura de los animales, los convoca, los atrae, escucha de cerca sus chillidos, alinea a las ratas junto a él, las trepa a las sillas de ese mismo bar donde fue apuñalado el hombre de quien nadie supo su identidad, ni por qué había sucedido la agresión. Nadie en apariencia supo algo, pero Bruno vio el cambio de miradas entre Daniela y el hombre astroso. La joven palideció antes de acercarse y en un giro rápido agacharse para tomar un papel tirado en el suelo para después meterlo en la manga del saco rojo.

Ratifica sin hacerle caso a las ratas, él anda inmerso en aquella ocasión que ahora mira con la nitidez que no tuvo cuando sucedió, carajo, así lo ha dicho a lo largo de una tarde que no se acaba y da para más visiones que giran como los juegos mecánicos que se colocaban cerca de la calle Pensilvania, una calle que nada tiene que ver con Saint André donde el hombre estaba tirado y ella, Daniela, a partir del momento de verlo caer, se estuvo en silencio, con la respiración agitada y desde lejos observó los movimientos de la gente, sin querer hablar, sin dejar de ver cada acción sucedida alrededor del hombre sobre la acera, con las hojas del periódico regadas alrededor del cuerpo sin ninguno de los dos saber en ese momento que del asunto ni una noticia iba a salir en los diarios.

Habían llegado a Le Marzet como a las siete de la tarde, él feliz de estar con la chica sin las prisas del día y con la posibilidad de pasar

juntos la noche en el set six, pero ella, desde antes de la llegada, mostraba un nerviosismo
tenso. La palidez se acentuó cuando un hombre
de ropa vieja y sucia se sentó en una de las mesitas cercanas. A partir de ese momento Daniela
alternó su nerviosismo con la atención hacia los
movimientos de ese individuo, quien al parecer
estaba esperando un momento propicio para
llevar a cabo algo que Bruno no detectaba.

Y entonces, salido del vibrar de la calle y
como si los reflectores de un gran escenario die-
ran paso al número principal del espectáculo,
un hombre de sombrero borsalino se acercó; su
figura alta opacó a los demás elementos de la
vía y su paso se hizo uno a uno hasta acercarse
al tipo de vestimenta sucia; el del sombrero no
frenó su triunfalidad, sino que al desgaire des-
deñoso aplicó un leve empujón al tipo desarrapado; el caminado de la estrella siguió con la
misma soberbia de los divos que no miran hacia atrás, donde a los pocos momentos el hombre de ropas raídas caía sin pronunciar palabra,
sin ruido, como si fuera un desmayo, o si el
sueño le hubiera ganado decidiendo tumbarse
ahí mismo, a la vista de la gente.

Recuerda el sombrero, la forma en que
el hombre lo portaba sobre la ceja derecha, su
actitud engallada, su caminar rápido, el perfil
de su rostro cuando por un momento giró la
cara para ver hacia atrás, quizá hacia el hombre
caído, quizá hacia el olvido, quizá hacia la chica;
después siguió de frente y se perdió en la calle,
¿a dónde fue, qué hizo? Algo hay que ahora de-

termina la sabiduría de Yakoski, puede imaginar al del borsalino cómo, sin perder el paso, rápido pero no corriendo, entra a la estación del metro, con el mismo aire arrogante atisba hacia todos lados, así, con la misma actitud de ser un predestinado, viaja un par de estaciones, ahí cambia de tren, sin sentarse deja ver su figura hasta entrar a otra gare, sale a la calle y se sube a un taxi, ordena ir a una plaza, ahí se baja, toma otro auto, a otra calle, camina hacia un bar donde habla por teléfono, sale y aborda un autobús, se baja en otra estación del metro y su cuerpo se va perdiendo en el tumulto hasta que el borsalino se confunde con el aire de la noche.

        ¿Así habrá sido?, carajo que la bebida trastoca las alarmas, y así siente a Daniela, la mira otra vez, capta su disimulado temblor, el terco silencio durante el regreso a la Maison unido a la cortante negativa a que él durmiera en el set six cuando habían acordado lo contrario, y la observa entrar a su habitación sin saber que por dos días ella estaría sin dejarse ver, escuchándola a través del teléfono interno por donde él percibió el nerviosismo en la voz y las palabras barruntadas en fragmentados pretextos. Al buscar la relación de la chica con ese desconocido, siente la rabia impotente de no haber hecho algo antes, alterarse por el nerviosismo de la joven, por su rechazo a platicar del asunto, qué estúpido fue, no haber preguntado por la ausencia de notas periodísticas, por el encierro de la muchacha, por la actitud de ella al recoger el papel, y entonces, sí, de nuevo, como siempre, como si estuviera esperando el momento,

entra Daniela:

Viajan juntos en el metro rumbo a Pont de Neuilly. Ella repasa el periódico sin fijarse en la sección de crímenes porque eso lo dejaron de hurgar un par de semanas después de lo sucedido en Le Marzet, y que Daniela, pese a la lectura de los hechos de sangre, decía no era conveniente proseguir con esa cantaleta.

En el vagón del metro, Daniela leía las noticias en Le Monde, repitiendo como cantaleta que desde Bélgica acostumbraba leer ese diario por la confianza en sus noticias. Ella dice no requerir otra cosa más que Le Monde, a Bruno no le extrañó que al subirse al metro ella lo cargara bajo la axila con un pelillo tímido, rubito sin llegar a lo dorado, y tampoco le causó admiración que Daniela lo leyera en voz alta y antes de oír lo que ella decía, en medio del vagón del metro aparece el hilillo de sangre, casi una sola línea, sin reflejar los daños causados, diferente a como se ven esos hechos en las películas donde el apuñalado se bate en su sangre. El hombre, boca abajo, parecía dormir sin quejarse. Algunas personas pasaban brincándolo sin detener su conversación. Otras, al observarlo, lo hacían parte del panorama de la ciudad.

—Clochards —dijo alguien.

Daniela está con la mano detenida contra la mueca de los labios. Él mira a una estatua de respiración cortada. No existe ningún sonido de sirena o tocar de campanas. De pronto como fantasma silencioso, sin que él supiera quién lo llamara, llegó un carro contra incendios, los bomberos bajaron una camilla y ahí arroparon al hombre, subieron al camión y se alejaron sin hacer comentarios o preguntas. ¿Por qué un carro de bomberos y no el de la policía o una ambulancia que era lo más lógico? En ese momento no lo supo y tampoco intentó averiguar nada ante el silencio que la chica observó desde ese momento; ella caminó con la mirada al frente, las manos en los bolsillos de la chaqueta hasta entrar a su habitación sin decir palabra, rápido cierra la puerta sin explicar la causa por la cual Bruno quedara fuera de la cama, del set six, del calor de la habitación diminuta.

* * *

Pasaron algunas semanas para que ella aceptara volver a Le Marzet, cuando lo hicieron, todo estaba igual, la misma animación, el mismo desparpajo, y quizá, salvo ellos, nadie podría responder o saber, ya no lo sucedido al hombre, sino que hubiera sucedido algo. Bruno Yakoski fija su vista en el sitio donde había caído el tipo aquel, por ahí corren ratas, olfatean la acera, un puñado de ellas desfila hacia las mesas, unas arriscan la nariz contra el aire. Pese a los chillidos, él hace a un lado a los animales, mira hacia dónde se dirigían los ojos de Daniela, desde qué punto veía al hombre desarrapado: al sentirse observada, la chica volvió la cara para ver ¿distraídamente? hacia el otro lado de la acera pero con la palidez plantada en las facciones y palpitando en las venas del cuello. Parte de alguna trama es aquel hombre a quien nunca antes había visto, cierto, pero el atado de las circunstancias y la firme decisión de reconstruir la historia lo obligan a poner en la mesa todos los detalles, más cuando se trata del asesinato de alguien, las razones por las cuales le habían atravesado la espalda, debió ser un estilete, el correr de la sangre era de una herida honda, no ancha, como la que haría un estilete manejado por mano experta. Pudiera ser que en aquel momento confundiera el impacto lógico que la chica tuvo frente al hecho con la angustia demostrada, pero el detalle del papel recogido del suelo marca la diferencia de sensaciones.

Regresa, sabe, piensa, no puede detenerse en una sola cuestión, debe seguir; no, debe no es la palabra adecuada, es tiene, esa es, tiene que seguir.

* * *

Fuera, fuera el asesinado, para nada sirve seguir recordando sólo ese pasaje de la muerte. Odia la muerte. No importa se cebe en los desconocidos. Necesita a la chica. Su risa, su sudor, sus manos, sus mañas, lo que sea pero de ella. Fuera lo ya analizado. Que vengan otros puntos. Y ya está, ya está aquí, llega la figura de Daniela leyendo Le Monde en el trayecto del metro. Van hacia: ¿Hacia dónde iban? ¿A Pont de Neuilly?, las imágenes salen más claras cuando se está seguro, no sólo del día, sino del sitio donde se originaron; ve los ojos y escucha las palabras que ella va leyendo al tiempo que traduce al español. Mira el vello de las axilas de la chica y escucha la traducción en voz alta, inútil dado que él comprende sin necesidad de cambiar el idioma, pero sabe que se trata de una lectura sólo para ellos, como única propiedad al leerla en español, estableciendo en las apreturas del metro un territorio vetado a los pasajeros, parisinos altaneros ante la presencia de los extranjeros que llenan sus calles.

—Los parisinos ignoran a los que no hablan francés —sostenía ella a la menor provocación.

—Sin duda —algunos del grupo comentaron con rabia: Fentanes repetía lo desagradable del mal en la deificación y al decirlo, con desagrado gesticulaba imitando gestos. Moraima decía, tarareando, tarareando, que parte de la personalidad de los oriundos es rechazar la existencia de algo más allá de su propio entorno. Hinojosa y Chela, tomados de la mano, movían la cabeza sin atreverse a meter ideas a la conversa.

—No nos toman en cuenta —dice Daniela—; de los idiomas, evidentemente el más relegado es el español.

Ahí está la chica hablando:

—Para los frogs, los españoles apenas si llegan a europeos…

Las ratas han dejado libre la calle. Es sólo Daniela quien cubre la pantalla de los cines.

—Si a los españoles no les hacen caso, menos a nosotros que en taparrabos estamos en esto de los mercados comunes.

En close up, ella muestra las pequeñas arrugas del rostro. Los ojos iracundos. Las marcas a un lado de la boca.

—Las fronteras actuales son aberraciones.

* * *

Siguió leyendo y traduciendo el artículo en su amado Le Monde al tiempo de manifestar también las ganas de fumarse un pitillo. Él observa a la chica reflejarse en el vidrio de la ventanilla del metro, le mira los ojos, ya no los vellos de las axilas, Daniela ha bajado los brazos deteniéndose ante un párrafo que no comenta, que no traduce, aunque Bruno sabe que no es por incapacidad, sino porque algo en ella le anda dando vueltas. De reojo ve la página del diario, es la sección internacional, la cabeza de la nota marca un asunto de terrorismo. ¿Es eso lo que detiene la voz de la chica? Pero no, cuidado, no puede irse por el facilismo. Tiene que volver a oír la voz. Escucha —vuelve a escuchar— las palabras de ella y el tono al decirlas. Un tono de entre misterio y admiración. Daniela lee palabra por palabra la escueta nota en Le Monde: son los nombres de los posibles candidatos para ocupar la presidencia de la República, no la de Francia, sino la de México —comenta—, la de México, y en seguida cierra el periódico y pregunta

—¿Quiénes son estos señores?

Como casi siempre, Daniela, ante la posible respuesta, arrebata la palabra:

—Evidentemente, gata similar sólo que revolcada.

Esa expresión nunca se la había escuchado: ¿influencia de madame Bleise?

—Estamos hartos.

Hubo un silencio antes que él preguntara:

—¿Eso de las gatas revolcadas no es lugar común?

Entonces Daniela cerró los comentarios.

Con el silencio, él acerca la cara, ve de nuevo su movimiento lento como de felino, ¿eléctrico como de rata? Huele el cabello pasando su mano sobre el hombro para que ella recargue la cabeza. Daniela regresa a la charla. Habla de la personalidad de alguno de los que Le Monde menciona como precandidatos a la presidencia de México. Después los dos callan. Bruno lo tiene presente por las preguntas que en silencio se hizo durante el regreso: ¿Era la nota de México la que tensó a la muchacha? ¿Era la información sobre el acto terrorista en España?

Un silencio que en algún instante pensó en romper, pero intuyó que no era el momento adecuado y por eso, también, no quiso hablar cuando se bajaron en la estación de la Cité, casi dentro del parque de Montsouris, él la estrechó por la cintura, así caminaron hasta salir de la estación. En la noche la invitó a tomar un trago en el restaurante al costado de la gare de la Cité, muy cerca de la Maison du Mexique, a esa hora en que los muchos estudiantes llegan a conversar y las voces diferentes opacaban el español.

—Parece idioma de tercera.

Ella regresa a la marginalidad del lenguaje español. ¿Por qué nada dijo de asunto terrorista? Después pidieron ginger ale con vodka y omelet de queso.

—Hay que comer o el trago se va al vacío de la cabeza, se dicen tonteras, o lo peor, secretos.

* * *

Desde el momento en que Daniela leyó en su idolatrado Le Monde la noticia de los movimientos políticos en México, la charla de la joven se centró, evidentemente, en ese tema. Jamás se refirió al hecho terrible de haber sido testigos de un asesinato en la acera de Le Marzet, que tiempo después ella refería como algo natural en París: un tipo solitario que se cae en la banqueta —aunque ella dijera acera, y le daba más importancia a la disputa por la presidencia de la República en México—. De cada tres intentos de charla dos avanzaban por ese sentido: adivinar los movimientos que la oposición realizaría frente a tal persona o frente a esta otra.

—Sobre todo, debe existir una estrategia de conducta.

Al decirlo ella mueve las manos como si estuviera actuando.

—Las buenas técnicas no se empecinan en modelos generales.

Y mira fijamente a los espectadores.

—Hay que dar pasos acoplados a los movimientos contrarios.

Estira los brazos en el centro del escenario.

—Ser hábiles para ganar por medio de la sorpresa.

Fuma entrecerrando los ojos, Bruno la mira encabezar una corriente de análisis de los presuntos con el desprecio de Daniela como bandera verbosa ante varios estudiantes-profesionistas que en sus intervenciones elogiaban a cada uno de los mencionados.

—Repugnante es apoyar a cualquiera de estos, pero peor buscar acomodo con el que sea.

También armó un expediente con lo que se recolectaba en relación al tema.

—Estamos igual que los funcionarios de la embajada, son los periódicos los que manejan las noticias, no la gente de la calle.

Acerca su rostro al de él, que la busca con las manos perdidas en la noche del barrio. Ve sus manos alterar apenas el contorno de los edificios de Saint André. Ella está en la pantalla. No está en la pantalla. Él y Ella están en la calle. No están ahí sino en lo que Bruno va recordando.

—Las llamadas de larga distancia sólo los altos mandos, y el internet tiene la limitante de lo obvio.

Daniela sabía y lo comentaba sin temor alguno en los pasillos de la Casa de México, que el embajador, desde el momento mismo que se empezaron a mencionar los nombres de los posibles candidatos a la presidencia, olvidando labores y hasta citas oficiales, se encerraba todas las tardes…

—Cuestión de cambio de horarios, evidente, se encierra en su oficina a realizar cientos de llamadas telefónicas; en México, ser embajador es castigo, y si ya se castigó al proscrito, pues ya no se le puede exigir que además trabaje, ¿no crees?

* * *

Sentados, piel a piel, terminaron el paseo debajo del árbol de frente a la entrada de la Maison, entre la construcción y el sitio arbolado donde se paseaba madame Bleise. Con lentitud, él se acercó para besar los cabellos de Daniela al mismo tiempo que acariciaba los hombros y quedito, muy despacio, fue cercando la dulzura rumbo a los pechos, pasando por el cabello de las axilas, repasando la carne abajo del vestido, sintiendo el pezón erguirse buscando lo caliente de los dedos. Ella callada, agitada sí, extrañamente medio callada, con los ojos bien abiertos, como si nada existiera ante las manos de Bruno que acariciaban con ternura.

—Se me olvida todo, sólo tengo ganas de tenerte.

Lo dijo con voz jamás escuchada por Bruno. Con esa voz se lo comentaría después mientras la mano tensa apretaba el brazo de él, repasaba con suavidad sus bíceps, con la vista colocada en la lejanía de la calle, igual que si tuviera a unos dedos recorriendo de nuevo el pezón levantado.

—Se me olvida todo…

Las ratas muertas se descuelgan de los garfios. Se lamen el hocico. Corren por la acera. Van tras las huellas de una mujer de saco rojo que se aleja calle abajo.

Bruno Yakoski se siente acomodado en una sala, rodeado de gente que con atención lo escucha platicar una anécdota ajena, describir fragmentos de la historia de un país y la opaca vida familiar en un barrio anodino, intercalar esto con los relatos de un negro, con las pasiones de unas mujeres en las alturas de un hotel, con los sonidos de unas bombas, y para terminar con broche de suspenso, contar la versión de la muerte de un vejete que antes de dar con los ojos un mensaje en el SOS a alguien, tiró un papel al suelo que después fue recogido,

no tiene por qué ocultarlo ni un minuto más,

por Daniela, sí,

aunque las ratas, con mordidas en la lengua,

se encarguen de castigar su osadía.

El golfo de allá

Bruno Yakoski Morales, o Bruno a secas, o Yakoski así, sólo así, va de vueltas a revueltas: transcurre por la ostensible huida del sol, sigue su travesía por la región de los tragos, se conjunta con visiones de la colonia Nápoles, y por el momento se queda en el motivo de su nombre, del suyo, del Bruno juntado al Yakoski, y claro, al Morales materno. Los asuntos del pensamiento no caen como pianos desde la torre, van planeando: barriletes, papalotes, suben, retozan, se atrancan en el aire y en lugar de ir hacia lo principal sobrevuelan por mil tonterías, una de ellas, su nombre, el de él, no cualquier ajeno, no, el suyo, porque ¿quién es capaz de pensar en una sola cosa por más importante que sea? ¿En una una sola cosa? Nadie racional aunque algunos supongan que la coherencia es sinónimo de lucidez y no, nada de eso, puede ser algo similar a la locura más grande, a la obsesividad que significa repetir y repetir una misma idea con toda la aparente claridad que se quiera, carajo,

/ si un trozo de nieve de limón trae la frescura que se busca en las tardes tropicales / en el trópico se usan hamacas para dormir / la mayoría de las hamacas son de algodón / el algodón lo cultivan los negros y los mexicanos en Louisiana / la capital es Baton Rouge / rouge es rojo, / rojo, verde y blanco arman una bandera amada / amada es Daniela / y doña Licha / que es jarocha / como los jaraneros, sí señores y señoras, vamos a ver / ¿de dónde viene la unión entre los jaraneros y la nieve de limón? / carajo, el pensamiento no tiene jefe:

entra a escena su padre: bigote espeso, mirada dulce; su papá, amador irredento de una mujer jarocha, ahora crucificada por las várices a las que don Checo acaricia sin mirar al tío Miguel, su hermano,

ahí están los dos hermanos, ellos, de la mano de sus padres desembarcaron en México después de una travesía desde Galveston, trepados en un barco que caboteaba hasta Tampico, donde bajaron, el calor en el aire, la gente saludando a la familia como conocidos de toda la vida; desde la borda los recién llegados ven las orillas de un ancho río, al parecer manso; atracan junto a un edificio de ladrillos rojos que alguien dijo era la aduana.

Al relatarlo, don Checo adoptaba una actitud beatífica, como si los oyentes debieran adentrarse en sus palabras descubriendo el lugar, los olores nuevos, la gente muy gritona, los vendedores de comida colorida, de mariscos en cestas de mimbre, bebidas verdes, rojas, y de cómo bajaron en un muelle ancho, con rieles de ferrocarril diminuto, y fueron llevados al edificio muy bonito, de ladrillo, herrajes en las ventanas y de doble planta.

—Uno de los agentes de migración, parece que los estoy viendo: moreno, sudado, en camiseta, con la gorra sesgada sobre las cejas, yo creo no comprendió el nombre de Kosiski y se estuvo gritando:

—Koski, Koski —hasta que el abuelo pensó que era a ellos a quienes se dirigía el hombre, gordo, con colgajos dorados en el cuello. Don Checo dice mirar la escena como si fuera ayer mismo:

—El gordo se veía furioso, levantó la mano, se acercó repitiendo eso de Koski, Koski —después lanzó una retahíla de palabras: —No sabíamos lo que quería decir, pero por el tono, uh…

* * *

Bruno Yakoski —economista, descubridor, su propio relatante, el amador—, con el agua que escurre del vaso de la bebida, letra a letra va dibujando el nombre de Koski mientras escucha a su padre contar lo sucedido a su llegada a México, don Checo habla ante la mirada del abuelo, siempre pegado a la abuela, el movimiento en los dedos del viejo sobre el filo de los tirantes, ella doblando y desdoblando un trapo que igual servía para limpiar los muebles que para colocarlo de adorno en cualquier parte; del cuadro se desprende la voz, su padre recuerda que en esos años quien se encargaba de relatar la llegada a la aduana de Tampico era precisamente don Checo, y quizá, por qué no, los domingos lo repitiera el tío Miguel, pero al parecer la historia era la misma, porque algunas veces la escuchó fuera de la casa de Chalco, cuando don Checo, en otro tono de voz, más alegre, la repetía en las reuniones donde los familiares de doña Licha tomaban un dulzón mejunje llamado torito, y bailaban La Bamba, El Ahualulco, o cantaban La Tienda, que era la que más le gustaba a don Checo, y que, desde su muerte, por decreto de doña Licha, jamás se volvió a tocar en el departamento de la calle de Pensilvania.

La interminable cantaleta de La Tienda mencionando los objetos que ahí se expenden: que tengo esto y aquello, vendo lo de más allá y lo otro, compre lo que le ofrezco, hacía que Bruno creyera que la canción era inacabable, pues sólo así podían caber las consejas y todos los potes, la cantidad de ropa, de balas, medicinas, zapatos, ungüentos y enseres que la canción iba mencionando en ese interminable recitar que a Bruno le causaba doble sorpresa: una, que existiera una tienda a la que le cupiera tal cantidad de cosas, y la otra, que alguien se supiera entera la letra de la canción monocorde.

Quizá en este momento, mientras el hombre de color y ropas raídas calla, y las mujeres de la ventana del hotel festejan algo que sólo entre ellas es válido, la voz de don Checo con el ritmo de La Tienda sea igual a la que usaba para seguir en el relato del cambio de nombre cuando desembarcaron en Tampico: El abuelo se dirigió hacia la familia, tomó de la mano a los dos pequeños, hizo que la abuela saliera de su mutismo mientras el viejo arreaba diciendo que la familia Koski se acercara hasta donde el gordo de migración seguía esperando antes de decir:

—¡Ya, Koski! —urgiendo al viejo a que manejara con mayor velocidad a la familia.

—¡Ya, Koski! —gritó de nuevo, y no se entretuvo en detectar si el nombre era Kosiski o Koski; en los papeles migratorios les fue colocado el nombre de Yakoski. El abuelo apenas hablaba español, el de migración no podía entender razones, con letra de estudiante de primaria dibujó en los papeles oficiales el apellido de Yakoski, bautizando al abuelo como Manuel, y al entonces niño don Sergio ni le preguntó el nombre porque desde ese momento era Sergio Yakoski, un Sergio que doña Licha cambió como su Checo del alma.

* * *

—Vamos mi Checo, a darle —le decía obligándolo a bailar en la sala del departamento al compás del Tilingo Lingo o de El Siquisirí, de alguna otra pero no de la canción de La Tienda porque ésta no se prestaba para el bailongo, sólo para ser escuchada.

En este momento de la ya noche, con una bebida a punto de ser terminada, sin precisar la razón por la cual anda enredado con los vericuetos de su apellido desgranado desde la frialdad de una nieve de limón, valúa los sucesos que afectaron a la familia de Bruno Yakoski, mexicano, Morales el segundo apellido, de madre nacida en Coatzacoalcos pero avecindada en el mero Puerto de Veracruz.

Quizá en este mismo momento, Bruno Yakoski Morales, economista y hoy reconstructor de historias —cuya rama paterna obligó a su padre a dejar las acciones de la fábrica de calcetines y de casimires, ampliada después en joyerías y tiendas de autoservicio, extendida en restaurantes hamburgueseros, reampliada en constructoras de viviendas y en casas de cambio—, se diera cuenta del amor que don Checo Yakoski le tuviera a doña Licha Morales, a una Licha danzonera, cimbreante, de caderas amplias y risa más que luminosa.

—En qué otro lugar del mundo me iba a conocer este Checo de mi alma sino en los portales del puerto más bello del planeta —decía su madre acunando al esposo al terminar el bailongo.

En este momento, Bruno Yakoski tiene la fuerza para platicarle a Daniela lo que apenas él mismo se menciona a retazos; está seguro que ella no conoce esta historia, y no la conoce porque la chica ha llevado la voz cantante en los recuerdos, aunque también sabe que es a una Daniela a quien le relata las dificultades que su padre tuvo con su propia familia: su hermano Miguel lo hostigó primero con amenazas, después con el olvido en los negocios, y si en algunas ocasiones eran invitados a las reuniones del tío con los demás paisanos, a doña Licha la marginaban; era como mancha en el bordado, de voz extraña, diferente en las costumbres diarias de los paisanos, su forma de vestir, en la usanza para comportarse con desconocidos, y ostensiblemente inútil en la manera en que se preparaban las comidas y menos en la posibilidad de saborearlas.

Al regreso de una de esas reuniones, doña Licha vociferó:

—Eso no se lo permito ni a Dios padre, es la última vez que voy a casa de tu hermano.

Y aunque don Checo recalcaba que era cortesía y no agresión las detalladas explicaciones sobre usos, tradiciones y la manera de saborear lo alimentos, doña Licha, sin utilizar algunas frases que ella consideraba de alvaradeños puros, dijo:

—Esto es asunto concluido —no le negaba el derecho de ver a su familia las veces que le viniera en gana…

—Pero no voy a recibir ni una agresión más de parte de la señora fulana esa que se pinta el pelo de azabache / El padre corrigió: es Kahan. O / La mengana que carga joyas como si fuera pino de navidad. El padre aclaró: Berbizki. O / La del tal Pérez. Que don Checo dijo era Peres, sin acento, y sin z al final.

—Pues será el sereno, pero un Pérez siempre será un Pérez, aquí y en China —y lo dejó hablando solo, más bien solo no, porque Bruno se acercó a su padre y éste le acarició la cabeza comentando:

—Ay, tu madre a veces es muy terca.

* * *

Quizá en aquel momento Bruno Yakoski no supiera la razón de la ira de su madre atemperada por la voz pausada de don Checo, y cómo el hombre de mirada oscura, poco a poco fue dejando esa tristeza de no tener contactos más frecuentes con su familia y paisanos, pero cuando los viejitos se cambiaron a Chalco, doña Licha aceptó ir allá en las visitas de fin de semana.

Tampoco sabe por qué los abuelos no metieron las manos para zanjar de una vez por todas las diferencias entre sus hijos; tampoco supo —sino años más tarde, por alguna plática con su padre, cuando éste ya daba muestras de la enfermedad que lo cansaba, dejándolo sudoroso y fatigado— por qué los viejitos presionaron con el préstamo para comprar la tintorería, y que además, como concesión suprema, cambiaran algunas costumbres permitiendo la visita sabatina.

Al regreso de la casa de Chalco, un tanto frío, de campos verdes y ganado lechero, con los volcanes que parecían venirse abajo, no sabía que años más tarde Daniela haría comentarios sobre un Chalco marginal, patrón de las ideas salinistas. Ella vio lo que quedaba del valle, la mentira a flor de obras inútiles: viviendas inmundas, miseria a ritmo de calles lodosas, a punta de cables de luz colgados en racimos, pavimentos tapando la salida de las aguas negras, niños mugrosos chapaleando en el lodo, jacalones con leyendas oficialistas.

Entonces Bruno supo: como es ahora Chalco, en su país muchas cosas habían cambiado para siempre, y al saberlo sin tapujos, se abrazó a Daniela, quien lo aceptó como algo natural aun sin conocer la razón del abrazo.

* * *

Bruno mira la extensión de la mesa y no escucha ningún ruido, una calma impera en Saint André, los rumores y la gente se han borrado no sólo del entorno sino del mundo. El panorama de un río tropical y las letras de su apellido se van borrando, como si quisieran quedarse atrás del panorama,

...y entonces se ve junto a Daniela mirando los edificios sin precisar de qué calle. Se ve y se sabe abrazado al cuerpo de olor atabacado, adulzado, siente los movimientos: ella mete la mano a la bolsa trasera del pantalón de él apretando el dedo en la carne. Las uñas de ella eran pequeñas, aun así sintió la punta del dedo clavarse en la nalga subiendo y bajando al paso del hombre, de él, que iba con el brazo sobre la espalda de ella y la mano de Daniela jugando con la nalga, pellizcando.

Quizá en aquel momento Bruno supiera que Daniela estaba ahí, completa, aferrada a su brazo y puede sentir el borde de los pechos sabiéndolos sin sostén. Los pechos dibujados por la punta de sus dedos, sus uñas, diferentes a las recreadas en sus nalgas. Mueve el antebrazo para sobar los pechos y ella los recarga buscando estrechar más el contacto.

Abrazados, con las aproximaciones que da el conocimiento de partes y olores, con el sentimiento retardado en él —quién sabe en ella— para no apresurar lo que pronto llegaría a ser parte de ambos, Daniela gritó de gusto —sacando la mano de la bolsa del hombre:

—Mira este lugarcito —señalando a Le Marzet, y se sentaron en una de las mesitas colocadas sobre la acera. ¿Sería la misma donde él ahora bebe? ¿Bebe, nada más bebe, únicamente bebe? Malhaya sea, no se puede seguir mintiendo, beber es sólo una acción, sólo un accionar de su cuerpo y Bruno bien sabe que esto es un asunto global, y que además cada quien cuenta su propia historia, carajo, un montón de historias separadas, y aunque todos los personajes estuvieran ahí reunidos nada sería igual: uno miraría hacia calle abajo; otro, hacia la de arriba; el de enfrente tendría el edificio como corte de visión; el de cerca, la otra banda de Saint André; aun en un mismo entorno, ninguna visión se parece, cada uno tiene su opinión, su percepción, su historia, a imaginarse estando todos separados, como lo están, carajo, como lo están.

No es fácil que él esté pensando si el sitio que ahora ocupa fuera el usado aquella primera tarde. Él escucha lo que ella dijo cuando vio el café-bar y tuvo también la misma visión de calle abajo, con la multitud que la llenaba igual que ahora cuando Bruno Yakoski recuerda la muerte de don Checo, y que su madre siguió trabajando en La Flor de Sotavento con el desgaste quejumbroso en el tormento de las várices.

* * *

Daniela no tenía várices y aun así cualquiera se cansa en un viaje de París a la frontera cuando al trayecto se le debe aumentar el nerviosismo disimulado al cruzar los controles carreteros y fronterizos, reunirse con gente desconocida, pasar días planeando los operativos, fingiendo estar alegre, caminar horas por las calles en declive de pueblos como Uribarri, Otxarkoaga, Galdakao, Artxanda, o de pasearse nerviosa en las habitaciones de hoteles discretos. El miedo tiene muchas razones, sólo los locos no lo tienen. El miedo anda sin edad, sin sexo. Si Daniela se horrorizaba con las ratas enormes de Les Halles, ¿cómo se sentiría entre los picos fríos de las montañas donde dicen que habitan osos enormes y águilas? Ella y el sonido del miedo porque el miedo tiene notas, pasos de vivace, rumores de nocturno, desplegar de alegro, perfiles arrítmicos, o canta al oído valsesitos mansos.

* * *

Daniela no tiene várices, doña Licha siempre se quejó de las várices.

—Las piernas apenas me aguantan, mijito, si me secuestran no les des nada a los rateros, ay, si tu pobre padre me viera —marcando su terror por los asaltos y secuestros cada vez más frecuentes, porque nadie iba a ayudar a una mujer sobrada de peso, morena clara, de diente de oro, de apellido Morales sin olvidar el Yakoski.

—Se pueden hacer muchas cosas, pero nunca renegar del ser amado —decía doña Licha con los ojos brillantes.

Como los ojos de Daniela al llegar por primera vez a Le Marzet: la primera, no esta en que se encuentra con los gin and tónic; la primera vez, no esta en que arma un cine sobre los edificios y sin saber por qué recordó lo que pensaba del apellido, la historia de Tampico, y le pareció que todo lo de allá, incluyendo su historia y esos romanticismos, eran bullshit a decir de las gringas de la Cité Universitaire.

* * *

Cuando Daniela y Bruno llegaron, no sabían que los ingleses usaban a Le Marzet como base de operaciones para después, por turnos, ir a cantar al metro, así que las notas de Yesterday hicieron eco de gusto en Daniela. Sin decir más se sentaron frente a la mesa, ella giró la cara hacia donde los músicos apretaron más las notas, intuyendo…

…eso él así lo creyó, Daniela quién sabe…

...que a partir de ese momento la mujer joven, de ropa holgada, de zapatos bajos, de senos duros y pequeños, de ojos verdes azulosos, y su acompañante de cabello peinado hacia atrás, con un parecido al actor ese de las viejas películas de acción, serían sus evidentes, sustentantes y silenciosos fans. Silenciosos porque nunca, por más que varias veces visitaron Le Marzet, les dio la gana de charlar con esos ingleses que quizá fueran los mismos o diferentes cada ocasión, qué carajos vale eso ahora, si son iguales los pelos rubios, el hablar desigual y carcajeado, un tarro de cerveza inacabable, aunque eso sí, siendo iguales o desiguales, los mismos o distintos, cantaran alguna tonadilla de los Beatles.

* * *

Él todavía llevaba, sin llevar, la mano de ella toqueteando las nalgas. La sentía debajo del pantalón y sin tratar de disfrazar misterios aceptó que la caricia punteada le había agradado, tanto que su recuerdo le motivó la erección, y las palmas de ella recorrer los muslos, acariciarle con amplitud el tórax, bajar la caricia hasta el pene, besarle la punta, salivar las ingles, carajo que no debe transitar por esa sensación, y de nuevo siente la uña que pese a su pequeñez, encajada en la nalga, le hizo pensar en la posibilidad de que aquella misma noche ella le hablara por el teléfono de intercomunicación en la Casa de Mexique para invitarlo a comer

algo, o beber la copa final de la noche, despata-
rrarse en la cama estrecha, verla trajinar en el
mueble multiusos, rodear la silla de Oaxaca y
admirarle la delgadez de las piernas.

Lo invitara al set six reino de un desorden florido; habitación olorosa a su perfume,
donde se palpaban los sabores y lo notable en
el toque especial de ella, no sólo en la silla de
Oaxaca, sino por ahí, entre la ropa: los pantalones de mezclilla, las blusas cortas, los sacos
holgados sin que ella se aferrara a esa forma que
tienen de vestir las francesas, cuidadosamente
desaliñadas, porque Daniela odia los sacos ajus-
tados pese a que con esas holguras ella remarque
su estatura, bajita, apenas arriba de las clavículas de él.

* * *

—La música de los ingleses no es mala,
pero tampoco del otro mundo, ¿eh? —dijo ella
sin dejar de ver al grupo, contradiciendo sus
primeras expresiones, como si sus palabras fueran el producto de un estudio sobre las posibilidades del conjunto. Pese a esas definiciones,
poco a poco, canto a nota, Daniela después los
fue elogiando hasta llegar a la sin medida. Ma-
chacó varias veces que los Beatles fueron de la
época...

—De mi mamá.

La chica armó una breve biografía de los
cuatro músicos, diciendo al final que no tenía
preferencia por alguno.

—Fueron geniales, evidentemente ellos cambiaron la música y la vida.

Como ella había cambiado la de él, carajo que si le cambió la vida.

—La gente de su época tiene que darle las gracias y nosotros también porque podemos vivirla de otro modo.

Es lo que quiere, por eso anda tras sus huellas, saber del cómo y el por qué de esos cambios.

—A mí la música no me afecta, pero hay actos que pueden cambiar la existencia, para eso la música sólo sirve como decorado,

…la existencia cambia sin que se puedan saber los motivos, la música es lo de menos.

—Lo que vale es lo que uno lleva dentro,

…y por primera vez ella tarareó algo con un canto débil, triste, en discordancia al vibrante de los ingleses que seguían tragando cerveza, a veces del mismo vaso usado por todos.

Con furia el grupo bebe, golpea los instrumentos, lo hace como si los tipos fueran a desaparecer en un instante, no sólo la bebida, sino ellos. Por los Beatles ella estuvo aquí —Bruno se dice—. Por los Beatles ella puede regresar —se anuncia— y aplaude a los músicos instándolos a no detenerse.

* * *

Aquella vez, la primera en que sin querer, sin querer, ¿habrá sido sin querer? llegaron a Le Marzet viendo lo que vieron, sintiendo lo que sintieron, hablando de lo que hablaron, él no llevaba nada en claro respecto a sitios escogidos como guaridas, pero por determinación de la joven hallaron ese bar.

Un sitio para ser compartido sólo por Bruno y Daniela, con nadie de la Maison du Mexique, ni siquiera Hinojosa y Chela que son apacibles, menos con Fentanes que iba a inventar historias siniestras, a encubrir citas oscuras.

—Quizá alguna vez podíamos invitar a Moraima —se oye bajita la voz de Daniela aunque corrieran el riesgo de que la tabasqueña enloqueciera a los meseros cantando sin cesar Las Blancas Mariposas, y Daniela dejó abierta la posibilidad de que de vez en cuando se invitara a Moraima, pero que el lugar sería básicamente para ellos dos: para Bruno y Daniela,

—Y quizá alguna ocasión a alguien como invitado especial —insistió ella, y a varios sitios, incluyendo a Le Marzet, llevaron sus recurrentes pláticas sobre las elecciones, los candidatos, las noticias de México, algunas tesis sobre la actitud de los franceses, aun cuando dentro de la charla machacante, en un par de ocasiones, mientras ella miraba la calle y sus festejos, él notara a una Daniela a punto de contarle algo más de adentro, quizá algo de esas actividades que la dejaban aovillada contra sus piernas.

¿Sería eso lo que iba a contar, o eso cree en este momento a tenor de los tragos y las horas?

* * *

En ese entonces él apenas intuía lo que ahora trata de descifrar. Jamás se imaginó compartir las horas con una mujer que se jugaba el pellejo a cada momento y que, por lógica simple, lo puede involucrar en algo terrible, en algo que los sucesos, por más dolorosos, no han cerrado, no señor, porque ellos investigan todo, lo de antes y lo que puede venir. Que la verba se detenga, que ponga el rostro sin disfraces, que por lo menos no se engañe él solo: a ver, vamos a ver:

¿Quiénes son Ellos?

No debe aplicar la autocensura, tiene que decirlo porque mencionarlo no significa convocarlos. Lo tiene que decir y no ocultarlo en la trampa del silencio:

¿Ellos significa hablar de las fuerzas de seguridad, las de España y las de acá?

¿Esos son ellos?

¿Esas fuerzas son las que rondan buscando cómplices?

Los cómplices son todos aquellos que callan la verdad o la tratan de barnizar con afeites amorosos. Todos, eh, todos, que no olvide lo infinito de la palabra.

Ellos también pueden ser los amigos de Daniela, que no olvide ese dato, maldición, las distracciones son las que asestan el golpazo. Que ningún detalle se olvide aunque el miedo haga tropezar el análisis. Otra vez se censura, a ellos no se les debe catalogar como amigos, no, eso no lo sabe, de lo que está seguro es que si resulta lo que supone, ellos serán cómplices o aliados, pero amigos muy improbable.

No, señor don Bruno Yakoski Morales, terrible es ser cobarde, al miedo nadie lo puede ocultar, pero tampoco la cobardía, ésta sale al primer jalón, al primer descuido. Si el miedo gana, que olvide su búsqueda, que no se meta en esos enredos, que acepte lo sucedido sin buscarle tres pies al perro —como diría su madre, doña Licha:

—Conmigo tu padre le buscó tres pies al perro, pero le fue mejor que si no se los hubiera buscado,

…ay doña Licha, qué falta hace usted en estos momentos en que Bruno Yakoski, sí, sí, también Morales está sentado en el mismo sitio a donde una vez la pareja llegara, algunas más viviera, otras se espantara. No, espantaran no, eso no. El miedo se oculta. Esa es la gracia: ocultarlo. Dejarlo tan manso como el líquido de su copa al que no remueve por ser escaso. En Bruno el miedo se oculta en el desconcierto de mirar películas con actores sin nombre, cubiertos del rostro, en mujeres sombrías, en hoteles desconocidos, ah, y en un hombre apuñalado en la quietud de la misma calle en que se encuentra, registrar cómo la chica se guarda algo recogido de una calle, los contactos desde varios sitios de Europa, las miradas iracundas callando preguntas, la violencia en las aceras desconocidas, ellos esperando porque él ya define quiénes son esos ellos en apariencia también desconocidos.

Igual que le es desconocido este territorio en que ha vivido las últimas horas armando el cuerpo desparramado de Daniela, conjuntándolo al crecer de un apellido Yakoski, mecido sin merecimiento alguno por los aires del puerto de Tampico, allá, en el golfo de allá, donde su padre adquirió un nombre igual de falso que la careta que su hijo el economista usa para disimular sus pavores.

¿Catalán? ¿Madrileño?

Betín como figurín, Betín para fustigar los celos, carajo, los celos deben irse al infierno, los celos cambian las miradas, alientan los pantanos podridos, como cornetín de órdenes azuzando las desconfianzas, y bebe armándole meandros a los tragos para que entren sin aplastarlo, no recibir el impacto de golpe, bebe, claro que bebe y a su vez centrarse, malhaya, tiene que caminar junto a los vaivenes de la plática de ella: unas veces abandonada, otras tomada hacia cualquier lado.

Debe encasillar los hechos a una gráfica del economista Yakoski, la del mexicano Bruno, la del hijo de judío, la del retoño de la jarocha diente de oro, maldición, la palabra Betín no está registrada de continuo, cierto, pero Bruno sabe de la posibilidad que ese hombre hubiera envuelto a la chica para arrastrarla al mundo de lo profundo, de lo que ni siquiera se menciona pero que hoy quiere tumbarle la cabeza; no, no se trata de tumbar, ni de romper, con mucho cuidado debe, más bien tiene que raspar la pintura de la máscara, penetrar al fondo del decorado, y sólo así dejar al descubierto los planos interiores, reconstruir las argucias utilizadas por ese individuo cuyo nombre verdadero debía ser diferente al que maneja. Quiere saber si empalmando imágenes nunca vistas puede reconstruir a un desconocido y sus escarceos con la chica: charlas en calles frías, ayudas tendenciosas, manifestaciones de solidaridad hacia los latinoamericanos, pláticas sobre política, carajo, para engañar hay argucias como para llenar inmensos estadios de fútbol.

* * *

A través de deshilachadas pláticas de ella, Bruno puede mirar al hispano: cabello rubio, vestido con elegancia, olor de perfume suave, se desplaza sin aparentar prisa, gafas contra el sol, anillo de oro en el dedo meñique, habla en voz baja, muestra seguridad y algo de ausencia, apenas mueve las manos y sonríe condescendiente; ahí está, lo mira, ahora también lo escucha, el tipo se dirige a una silenciosa Daniela, aderezà sus palabras con zalamerías castizas, con piropos catalanes, requiebros acariciantes, regalitos significativos en una marcada idea de hacerse indispensable ante la soledad de la mexicana a punto de entrar a las redes que Betín le había preparado, maldita sea, así tuvo que ser, parte de un plan o porque el español, en el transcurso de una conquista amorosa, se había percatado de las posibilidades que Daniela tenía para ser adherida al grupo.

Yakoski no cambia la idea, no va a permitir que se fugue hacia otros nidos menos rasposos, así que acepta: ella pudo haber sido convencida para integrarse con ellos, ¿otra vez con la palabra ellos por no atreverse a decirles etarras?

Quita, que desaparezca el ellos, debe darles el epíteto adecuado. Bruno no tiene por qué disculparla, esto debe ser diferente a los números de sus teorías académicas. Que muera la academia. Que se derrumben las tesis sin comprobación práctica. Aquí no cabe lo científico. Nada ante una mujer que no sabe de ecuaciones ni de instancias continuas, que es pura angustia y silencio, maldición, puro dolor sin recompensa.

El relato sobre Betín inauguró su avance tiempo antes que ella aceptara cabalmente a Bruno en el set six. Se inició, cierto, con algunos titubeos, no puede negarlo, y ahora que trata de situarse, escucha a Daniela agregando o quitando algún dato ofrecido en alguna ocasión anterior y Betín anda de un lado a otro, muy arriba de los sucesos que mantienen a Bruno en la silla de Le Marzet y al gachupín-catalán muy por donde no se le puede palpar si se trepa en la falta de respiración, gira y se carcajea, se pierde en el semblante de la chica que está en el set six, Bruno la mira sentada, sin zapatos, con las piernas dobladas sobre la cama: el cuerpo de ella despide un ritual cachondo aunque quizá no lo pretenda, se ve desenvuelta, con la ropa como un inútil agregado a la piel; él mira las piernas, el grosor de los muslos, las manos trepando y bajando el cigarrillo; ve los pies, las uñas un poco, sólo un poco descuidadas, acorde a la tesis de ella de abominar a las mujeres que se pintan las uñas.

—No a todas —y explicó algo sobre su mamá:

—Mientras se arregla los pies, se pone a pensar en sus cosas —Daniela detiene el movimiento de la mano y se toca los dedos.

—Para su edad, mi mamá tiene un cuerpo precioso —mira hacia las reproducciones de los impresionistas.

—Es evidente, no le gusta que la vean desarreglada —fuma, fuma.

—En eso se parecen, ella y Raúl son… —Bruno ve la mirada de ella. Daniela se mira los pies sin protuberancias.

—¿Presumidos? —acompleta Bruno, aventura, pregunta. Ella se queda sin decir algo, sin mover la cabeza y entonces gira las palabras:

—Estos zapatos me han salvado de no tener los pies deformes como la mayoría de las mexicanas —y le mira los ojos, después baja la mirada como marcando el camino a seguir en la observancia de él.

—Por usar calzado más chico, evidentemente tienen los pies hechos cisco —dobla y desdobla los dedos.

—La perversa esclavitud de la moda —agita la cabeza.

—Todas las esclavitudes son perversas.

—¿Todas sin importar el fin? —Bruno espera alguna respuesta.

Ella y la tristeza de sus ojos, contesta moviendo la cabeza de arriba abajo.

* * *

A Bruno le encantan los pies de las mujeres, los ha visto en las playas, en los restaurantes cuando ellas con discreción se descalzan: el
zapato de tacón desmayado cuelga permitiendo
meter la mirada al talón, recorrerlo trecho a trecho y sabe, aunque no tenga base para probarlo,
que a las mujeres les gusta que les admiren los
pies. Es una manera de acariciarlas, pero ahora
no mira hacia el piso buscando los pies de alguien. Ahora sólo siente un revolvedero de hechos que le nubla la impudicia de esa parte del
cuerpo. Con esa sensación, la voz de Daniela de
nuevo se va por esos terrenos de dedos y empei-
nes, entra al inicio de la historia del catalán-
madrileño porque ella dijo que Betín tenía
exactamente la misma opinión sobre los pies de
las mujeres; ella nunca dio importancia a eso,
pero primero se lo había escuchado decir a Raúl
Ramayo, después al español y por último a él.
Se dieron a charlar sobre los pies de la gente,
sobre la diferencia que existe entre la de aquí y
la de allá: Los pies son como los rostros, impli-
can gustos y deseos, llaman la atención o mo-
lestan. Allá, la condición de los pies es también
la condición de las personas, no sólo en el as-
pecto social, sino en los valores que cada quien
porta.

—Odio etiquetar a la gente, pero a veces
es necesario —dice ella.

* * *

Si de necesario se trata habría que pensar ¿cuánto debió necesitar Betín para cumplimentar sus fines?, la pregunta huele a disculpa, pero no puede evitarlo, entonces mira a un grupo de mujeres donde sobresale una en un continuo redoblar de pies sudorosos, dolidos ante la desesperación de la huida, o brincones cuando pasan el retén de seguridad pública, o la simple revisión de la guardia civil, contraídos por los calambres en el esfuerzo continuo de seguir el camino donde atrás aún se siente el temor; pies que recorren masías donde se refugian los compañeros; pies que se asientan cerca de donde se halla la entrada secreta del zulo que aprisiona a alguien; muchacha que se confunde con el disfraz de una estudiante nostálgica por sus padres que viven tan lejos como un México sin rostro.

—Qué bueno que tienes así los pies —dijo Bruno, y se los tomó, los acarició sin importar que de ellos emanara un ligero sudor untado leve en las palmas de Bruno. Fue chupando cada uno de los dedos, introduciendo la lengua entre los vértices, lamiendo las plantas como si fueran sexos raspándose, escucha los suspiros de ella que se deja hacer. Su lengua se carga de la sal de los poros. Semeja el ir y venir de su pene. Él sabe que Daniela sentía el mismo vaivén. Que sus jadeos se acompasaban al ritmo de la lengua entre los dedos. Él percibe el movimiento de las ramas de los árboles. Pudo verlo desde la cama estrecha del set six y recuerda que se preguntó si el sudor de ella era una impresión, o era parte de la piel de Daniela. Después ella lo jaló metiéndolo en un abrazo tan estrecho para que el cuerpo de los dos desapareciera en las fibras de la cama, y él lo siente, lo revive mientras vuelve a fumar y el humo lo lleva a la madrugada cuando ella metió los pies contra sus propias piernas reiniciando así el relato que poco a poco fue dejando caer sus arabescos en un hombre llamado Betín y los viajes de ella a Madrid y Barcelona.

* * *

La historia es como los pies: huesos y curvas, vueltas y retiradas. Giros y sinuosidades, como las de Bruno Yakoski, con maestría en ciencias económicas, a quien una beca volátil mantiene frente a Daniela Köenig, mexicana, muy mexicana pese al apellido, los dos estudiantes en diferentes escuelas pero ambos habitantes de la Maison du Mexique en París. Entraron al set six sin que mediara invitación por parte de ella, como si ambos supieran —por lo menos él sí, ella quién sabe— que esa noche era para muchas cosas y entre ellas hablar, contarse detalles de la vida, y él irla construyendo, graficando —aunque de seguro esa palabreja sería de las que Daniela catalogaría como evidentemente odiosa— y en seguida ella contara cuando Betín llegó a México a pasar unas vacaciones.

Ese momento es evocado por este tipo que solitario bebe gin tónic; vivido por él, Bruno Yakoski, estudiante becado, con apenas la ayuda de una madre que dice esforza en lugar de esfuerza, porque la tintorería se esforza en obtener para ir tirando, así, tirando, como dicen los españoles, diferentes a ese Betín a quien no le agrada le digan español sino catalán, ¿no es lo mismo? aunque ella no ha explicado la razón de la mezcla esa de catalán y madrileño.

—Ser catalán es diferente a ser español —manifestó Betín con una especie de risita como si le agradara confundir a la familia de Daniela.

Bruno percibe con claridad la charla de la chica, inclusive la observa en cada uno de sus gestos. La señora Lety también sonrió, con sorna —según confesó Daniela, no en esa ocasión pero sí alguna otra vez cuando el asunto salió a la plática—. A su mamá no le cayó nada en gracia ese aire de superioridad que cargaba el tal Betino, y de ahí la rectificación, porque Daniela dijo que le dijo:

—A él no le agrada que le llamen Betino, sino Betín, a secas…

—¿Por qué madrileño y catalán? ¿Será que no es de ninguna de esas ciudades? —se escucha decir sin precisar si es en este momento de Le Marzet, o en aquel de la noche del juego de pies y besos como filos de sexo entre los dedos, porque la señora Lety le dijo a Daniela y ésta lo repite:

—Los españoles tienen su estilo —así dijo Daniela, quien siguió en el relato sin hacer caso a las preguntas de Bruno que de nuevo le toca los pies sin acariciarlos, como si le tomara la mano y sin insistir en lo de Betín; ahora sabe, en aquel momento no existía el cúmulo de líneas y por lo mismo aún no se formaba el nudo que lo llevaría a pensar y sentir lo que tiempo después pensó, o por lo menos supuso, mientras ella contaba dónde había conocido al español:

—En Lovaina, fue en los primeros meses —del primer año lejos de México, de ese país revisado por ambos: ella sentada en su cama, con las piernas recogidas de nuevo, sin zapatos; él enfrente, moviéndose apenas sobre la silla de Oaxaca, con los ojos puestos sobre los pies de ella, quien fuma echando el humo con los dientes apretados y la sonrisilla apegada a sus propias anécdotas, que se imaginara cómo se sentía, de qué manera iba a clases los primeros meses.

—Tú hablabas más o menos francés, yo casi nada, sólo el alemán que medio aprendí de niña en la escuela —los dos se quedan callados; quizá piensen en una niña con sus útiles escolares sirviéndole como escudo de vida.

La primera noche de la visita de Betín a México cenaron en el restaurante del Lago por una invitación de Raúl Ramayo. El tal Betín iba muy majo, como ellos dicen, y al decir ellos Bruno sabía que Daniela se estaba refiriendo a los españoles, ¿a los catalanes-madrileños, o a cuáles españoles? Betín sacó a bailar a la señora Leticia, ella los veía desde lejos, la sonrisa de

Betín, la seriedad de su mamá, quien de regreso a casa le pidió a Daniela que le contara de ese muchacho, porque Raúl y ella estaban intrigados de que un señor, así, nada más porque sí, hubiera venido a verla desde Europa.

—¿Tú hubieras ido, Bruno? —¿será Daniela quien lo pregunta, será el efecto de los tragos, la voz del recuerdo, lo que él quiere que hubiera sucedido? Y de definir desde dónde viene la voz, ¿cambiarían los acontecimientos?

—¿Tú hubieras ido? —Bruno Yakoski sabe, no por el efecto de los gins, sino en su más completa sobriedad, que de haber tenido dinero y no vivir expuesto a lo que una maldita beca da, o de lo que le puede exprimir su mamá a La Flor de Sotavento, él hubiera ido a donde fuera con tal de ver a Daniela, tener la oportunidad de cenar con la familia, de hacerse querer por la mamá, por el señor Raúl. Pero no era aquel momento del set six el apropiado para decirlo, solo movió la cara para ver si en ese movimiento ella entendía que él hubiera ido al mismísimo infierno, aunque la frase resultara sobada por el uso.

* * *

Prendió otro cigarrillo, repasa lo que él mismo ha construido: desde una mujer con la cara cubierta por un pasamontañas y armada con metralleta, hasta esa misma joven tumbada donde fuera, ¿soportando? el embate del Betín desconocido, o de algún otro cuyo nombre nunca había salido a la charla, menos a la gráfica yakoskiana.

—Los catalanes son medio quisquillosos
—dijo ella alzando la cara para verlo y seguir
platicando de su vida en Bélgica, de las primeras salidas con Betín, del trabajo que le costó
aprender francés al mismo tiempo que estu-
diaba.

—Betín se portó muy bien conmigo
—Bruno ve dulcificarse el rostro.

—Me ayudó en todo.

Le mostró la ciudad, la acompañó en esos
momentos cuando las personas se sienten mal
por no conocer a nadie, se bobea mirando las caras de la gente o las casas; el llanto siempre anda
brincando a la menor provocación; se pone gesto
de aburrimiento cuando por dentro se tienen
ganas de oír que alguien diga el nombre de uno.

—De regresar de inmediato a la patria
—así dijo: patria, sin darle tonos de himno o
de recitación de escuela primaria.

* * *

Escucha lo que Daniela dijo en relación
a las ganas de llorar, a los deseos inmensos de
regresar y Bruno hubiera querido regresar, tocar
la puerta del set six y decirle que la historia de
Betín, sea cual fuera el resultado, le era lejana,
que no iba a alterar los hechos, y que él estaba
ahí para tumbarle, de ser necesario a manota-
das, esas dudas y esos silencios.

Al salir del espacio reducido de la habitación de ella, Bruno Yakoski sabía ya de los primeros meses. De la habilidad del tal Bernadó;

de que en sus tiempos de Bélgica, Daniela estaba tierna y que el tal Betín era un tío malaje que la había manipulado apoyado en lo recóndito de la tiricia que entra cuando se anda lejos ¿de la patria? Veamos, ¿en verdad se hubiera atrevido a decir la parrafada, incluyendo eso de la patria?

En seguida siente en los labios el sabor de los pies lamidos, del rumor del suspiro que en ningún momento de la noche dejó de ser tímido, oye la charla sobre Betín, pero también ahora en Le Marzet no puede aceptar la lejanía, y le asaltan sonidos musicales, voces, otros sabores, los de las comidas, los chilitos verdes, las tortillas que cargan los recién llegados, las canciones que mencionan a México, las lagrimitas sin querer, el qué lejos estoy del suelo donde he nacido, cancioncita entonada en forma invariable por los turistas apenas el avión despega del suelo patrio.

Turistas, sí, de acuerdo, los dos caminan por París, de pronto escuchan voces familiares, ambos abren los ojos, se miran, detectan al rebumbio de personas que se estrechan, que gritan frente a un determinado monumento, que insisten en tomarse fotos de la excursión completa o en parejas. Algunos beben de botellas que sacan de las bolsas, otros aspiran aire como si quisieran llevárselo de regreso,

—¡Mexicanos! —se alertan entre sí. Los miran correr sin respetar las luces de los semáforos, en voz alta se dicen sus nombres, a cada momento gritan vivas en favor de alguna ciudad mexicana, beben de una botella, cargan una guitarra, muchos llevan suéteres de Chiconcuac. Ellos dos, Daniela y Bruno, se cruzan a la acera contraria y se ponen a hablar en un francés lo más localista posible.

Se ríe, lo acepta, no le molesta ese hecho, no pretende ocultar su nacionalidad, lo que sucede es que odia la actitud de los turistas primerizos, y de todas las ciudades del mundo, en París es donde más abundan.

* * *

Sí, no cabe duda, en aquella ocasión después de salir de lo de Daniela, bajó a su habitación rumiando sobre un catalán-madrileño de nombre y natalidad dudosos.

Tiempo después, la misma chica se lo dijo: que esa noche, mientras él se deshacía en rumores, ella se quedó un rato largo en la misma posición sobre la cama sintiendo el placer del incendio interno, la misma posición de cuando él le chupó los pies, suaves, un tanto sudados, sin aristas rasposas en su contorno, para después, leve, morderle los pezones, horadarle con la lengua el sabor del sexo, él metido en el perfil de una historia que poco a poco va descubriendo dentro de los dos caos:

el de Saint André des Artes

y el del pasado que no quiere que nadie, y menos Bruno Yakoski, lo desplace de la mesa de Le Marzet, donde un madrileño baila sardanas y un catalán, chotis de paso erguido.

Cartas y disfraces

Ahí están, son dos, seres distintos y distantes como sus mismos rostros. Uno ahí, enfrente. El otro, en el recuerdo del recuerdo.

Uno, el negro que ha servido de contrapunto a la tarde y a su investigación —espera, espera, ¿qué diablos se tiene que investigar conociendo la etapa final?, se trata de reconstruir, de explicarse no para entender sino para aceptarlo y al aceptarlo a escena entran de nuevo los:

Dos hombres: uno el negro de la calle y el otro, aquel visto en el Museo Pompidou. Dos individuos tan diferentes como sus mismos orígenes. Uno y otro son parte de un tiempo sin dejar de ser para Bruno Yakoski —¡Ya, Koski, ya, Kosiski— la diferencia de sus sentidos, porque este negro, el de la calle, ha sido su único aliado, su verdadero cómplice atado por el grito de sus historias. Si Daniela planteara esa comparación entre este negro y aquel tipo visto en el Pompidou y que ahora se presenta como otro de los recuerdos que viven, de seguro llegaría —tan rápido como el parpadeo o la mano de Daniela subiendo y bajando el cigarrillo— a un collage de razones.

* * *

Hombres que se escurren entre lo pasado y el presente, sí, pero Bruno Yakoski tiene que agregar puntos en el momento de la toma de decisiones: el número de gins que ha bebido. Quizá deba rebatir esto señalando que no son demasiados, pudieran ser los necesarios. ¿Diez?, ¿doce?, ¿importa el número? Sí, sin olvidar que el número va a ras de lo necesario y esto no tiene una medida igual a las demás medidas sin olvidar el número de horas, carajo, no es lo mismo doce de golpe que doce entre las casi cinco que lleva. ¿Serán cinco las que lleva? Mejor decir que diez entre cinco horas resulta un trago por casi cada treinta minutos, carajo que su profesión arrebata, enfría, contabiliza el gin para la decisión, pero no tiene la fuerza para romper reglas, sólo intensifica el motor interno, traza con mayor calado las líneas del dibujo, hace que el bebedor tenga una fundamental vivacidad para que la historia avance. ¿En verdad serán sólo diez o la suma llega a veinte gins? ¿Habrán pasado cinco horas? Horas, minutos, meses, estaciones del año, del metro, cómo carajos contar, dividir, hacer cálculos si los números son poca mierda para tanta angustia.

* * *

Ahí está el hombre del museo Pompidou, es un oriental de tez aceitunada, calvo a propósito porque el cráneo marca una ausencia coreográfica de cabello. Bruno pone sobre la mesa de Le Marzet la plaza de enfrente del Museo, la amplitud, el desnivel para resaltar el edificio y en medio el chino solo,

—Qué chino tan genial —dice Daniela manoteando, levantándose del asiento para reproducir los movimientos del chino.

Bruno acepta que de esos dos personajes, él se quedaría con el negro de traje y la chica con el oriental del George Pompidou.

Bruno calla, entra al silencio que da el letargo, el reposo porque nadie, salvo en las telenovelas que ve su mamá, nadie puede vivir sin un momento de respiro, nadie puede pensar una misma cosa durante días y semanas; podrá tenerla más que presente e invadiendo muchas áreas, pero total y única, nada más en las telenovelas, donde el respiro es falta de tensión y caída de rating.

Nadie puede vivir con una sola idea, la que sea, el pensamiento se revuelca en tales giros que a veces ni su dueño los entiende, maldita sea, y piensa en las cartas que él nunca escribió: tramos de papel que tampoco jamás entregó y ni siquiera le dijo a ella que pensaba escribir por las noches después de haberla dejado en el set six. Apretados párrafos donde la figura de un número tenía tanto significado como una oración completa, y en esas cartas nunca escritas contaba su propia vida y la interpretación que él le daba a la de ella, los comentarios de la chica a sus comentarios, incluyendo, por supuesto, su impresión sobre el oriental del

Pompidou y más que eso, los celos que le causaban las miradas de Fentanes y de la tabasqueña Moraima. ¿Hasta dónde llegaron las relaciones? ¿Sería cierto el triángulo-cuadrángulo? Y en esas cartas imaginadas o escritas y no mandadas, o medio escritas y medio dichas, no estaba el pasaje del negro de traje, porque éste, sin biografía previa, había llegado a Saint André des Arts esta tarde, es decir, después de lo sucedido.

Ahora Bruno Yakoski reniega por no haber echado en cara a Daniela el susto vivido durante las ausencias de ella. Tampoco le dijo lo imaginado por él porque entonces su imaginación era parte del ensueño y nadie es capaz de la conjetura cuando no se tiene la decisión y pensar en: una mujer joven, sombría y tensa, las manos engurruñadas, se oculta en un resquicio, desde ahí espera con los nervios a punto de romperse a que el auto, estacionado junto a otros, explote destruyendo partes de edificios, tumbando gente que cruza la hasta hace segundos tranquila, empedrada quizá, olorosa tal vez, ondulada calle; la mujer espera la explosión como el fin momentáneo de una guerra antes y después de esa acción, y en seguida, fingiendo ser otro más de los curiosos, reconstruya los hechos y contabilice las bajas para, por teléfono y a base de códigos simulados en una charla doméstica, dar el parte usando un tono de voz que encubre la tensión que lleva dentro.

¿Cómo puede él encubrir su amor por Daniela? ¿Con quién compartir el secreto?, maldita sea, las poquísimas veces que Bruno le escribió a su madre la señora contestaba con preguntas quejumbrosas, ay doña Licha, ella no sería la persona adecuada para encontrar consejo, ay doña Licha quien nunca olvidó los desprecios de los paisanos de don Checo, y el día de la muerte de éste, no permitió —los viejitos de Chalco ya también estaban muertos— que ningún otro familiar se encargara de los servicios funerarios, para eso se bastaban su hijo...

—Óiganlo bien, su hijo y ella, solitos...

El cadáver de don Checo fue velado a la usanza católica, y si los demás miembros de la colonia deseaban verlo doña Licha lo aceptaba pero por ningún motivo iba a permitir que su marido fuera llevado a esas iglesias vacías de santos y demás imágenes divinas.

* * *

Otros mensajes y cartas eran las que Daniela mandaba a la hermana, él lo sabe por muchas razones; Daniela le dijo que en una de ellas le había escrito a Mónica para contarle de la gran divertida que le dio el oriental en el Pompidou.

(le dio, no que les dio)

Eso aumentaba la necesidad de la presencia de Mónica en París para que juntas pudieran gozar de todo, incluido ese cómico evidentemente genial.

(juntas las dos, no juntos los tres)

Las hermanas verían al oriental sin tomar en cuenta que Bruno tenía el mismo porcentaje de ese descubrimiento, de ese porque en otros nadie tenía cabida, si ella nunca platicó o dejó que viera el contenido de las cartas que mandaba a Bélgica y las que llegaban de allá, pero la Maison no tiene secretos, todo está a la luz del chisme, sí, ahora lo pone en la mesa junto al gin, y Moraima dice cantando:

—¿Por qué a Daniela le escriben tanto desde Bélgica, por qué la infanta tiene sus ojitos tan lejos de este horizonte, qué busca la cría que aquí no tenga y de sobra? —y Bruno quiere que la voz de la tabasqueña relate lo que anda escondido en las cartas y nadie, ni los secretos públicos de la Maison, dice:

Los demás miembros de los varios clanes mexicanos mueven la cabeza, son silenciosos pero latentes como afónico coro griego, salvo Fentanes que respira desde lo hondo pero nadie conjuga el secreto de Daniela aunque todos, con miradas, sonrisas, preguntitas y gestos, hablen de eso que de frente nadie dice.

* * *

Daniela le escribía a su madre mil generalidades pero nunca dijo que en alguna de las cartas mencionara a Bruno, y él siempre tuvo la esperanza de que en la correspondencia a la hermana sí saliera su nombre y con mucho más presencia de lo que en realidad suponía.

Pero, ¿por qué razón Daniela no mencionaba a doña Leticia la existencia de Bruno? ¿Qué es lo preocupante: que Daniela no hablara de él, o el contenido de las cartas belgas? Debe hacer a un lado su valor frente a Daniela y poner sobre la mesa el peso de lo necesario y ahí, lo sabe, no tiene acceso su yo ni sus rabiosos celos.

* * *

Ella le preguntó una vez si se imaginaba lo que le escribía a la hermana, Bruno alzó los hombros diciendo no tener la menor idea hasta que a ella le diera la gana relatarle algo.

—La voy a motivar con la divertida que me dio el chino del Pompidou, además, evidentemente le voy a quebrar la nostalgia cuando le cuente de los tacos que venden los árabes.

* * *

Al paladar de Yakoski entra la especie de tacos árabes que al cabo de unos meses la morriña transportaba en unos parecidos a los de El Farolito, donde doña Lety y las dos hijas acostumbraban ir después del cine antes que la mamá se uniera con don Raúl Ramayo. A trompicones, en varias jornadas, esto y más platicó Daniela: doña Leticia y sus dos hijas andaban con la novedad del divorcio de Richard Köenig, vivían en un departamento de la colonia Narvarte, en la calle de Uxmal, de igual nombre al sitio de ruinas mayas en Yucatán, pero en aquellas épocas Daniela no había visitado Uxmal, ni le importaba dónde se hallaba. Todo eso a raíz de los tacos que los árabes venden, lo que le dio a Daniela la oportunidad de charlar sobre comidas mexicanas y entre taco y taco no comido, decirle algo y más adelante, entre carta y carta no contada, decirle otro poco, y días después, entre caminado y caminado, ofrecerle otro trocito de la historia entremezclada con la del negro calvo que recita consejas.

Bruno acumula rosarios de información, se entera de que en Uxmal fue donde Leticia conoció a Raúl Ramayo, es decir, se corrige como muchas correcciones ha hecho y hará, como haría después de ese y otro gin tónic, es decir, se corrigió y quizá corrigió las palabras de Daniela: no fue en Uxmal la calle ni en Uxmal las ruinas, sino durante esa época de su vida fue que doña Leticia conoció a Raúl Ramayo, y llega a ciertas conclusiones: a las tres mujeres les desagradaba la vivienda, a eso habría que agregarle la insistencia de Richard llamando por teléfono para sostener con Lety largas conversaciones que dejaban a la madre nerviosa, irritable.

Pero la chica nunca dijo ni la tabasqueña Moraima ni el quisquilloso Fentanes ni el clan de Monterrey ni la gente de Sonora pudieron repetir algo sobre lo que Daniela sentía en aquellos años, pero que Bruno, después de evaluaciones y ataduras, define como de tiempos malos, de acomodo, de gruñidos en las tripas, tiempos en que doña Lety pensó más en ella que en lo que las hijas sentían de ver a un nuevo hombre ocupando el lugar de don Richard.

Nadie ocupa lugares, cada quién tiene el suyo, carajo.

* * *

Cartas donde quizá nunca apareciera el nombre de Bruno, o se dibujara en algunas cuantas citas, o fuera el centro de las parrafadas, porque en una ocasión ella le dijo que iba a mandar a México la foto de él parado frente a los árboles por donde se paseaba madame Bleise. Él estaba con el cabello hacia atrás, con el saco de cuero, misma foto que ella sustrajo del cajón donde él la mantenía, llevándosela al set six sin que Bruno Yakoski viera dónde la había colocado. La foto de él debe haber sido puesta en algún lugar escondido, en uno de esos secretos sitios de la chica, por más que la buscó entre los objetos o cerca de las reproducciones de Monet y Chagall, nunca se vio a sí mismo retratado bajo los árboles: un tanto serio, quizá con alguna sonrisilla en los ojos, desgarbado, ensueñado, por lo menos así lo piensa, con una mano en la bolsa de la chaqueta de cuero y la otra hacia abajo, mansa, inútil. Esa misma foto que ella se apropió y que tiempo después dijo habérsela mandado a su hermana porque Mónica estaba dudosa o no creía que Bruno se pareciese tanto a Harrison Ford, el galán antigüito, el de películas old fashion, lo dice entre algunas risas tan suyas que nunca ni ahora le ha dado deseo de valorar, qué carajos, si el valor anda más allá del gesto en la cara que en realidad es una risa y no lo que se arrugue por los adentros.

* * *

Él, que no es actor, se desperdiga en la pantalla de la pared en el edificio de enfrente: se ve a sí mismo en ese personaje, se enconcha en la zamarra, alza las solapas, se frota las manos, apresa bien el arma y dispara contra las sombras que se esconden en una casa, se ve envuelto en medio de balaceras y emboscadas, trabajando al lado de la Ertzaintza, cubierto con un pasamontañas por donde afloran sus ojos, los mismos de la foto, los mismos que miran una calle a la que el sol ya no agrede: es él en varios planos y en varias tomas:

La pantalla muestra a un hombre que camina junto a un perro guardián que lo precede con igual tensión, los gruñidos del animal van midiendo las precauciones de ambos que no se fían de la aparente tranquilidad del descampado, de la belleza de los árboles. Perro y hombre caminan rumbo a unas luces que se ven a lo lejos. La pareja avanza con cuidado, con mucho cuidado pues no sabe si detrás del bosque las balas terminen con su recorrido y tampoco hay seguridad de que las luces del caserío sean señales falsas o escondite del enemigo. Apenas con un latir de voz, algo le dice al perro, éste levanta las orejas, los dos caminan hacia adelante.

Ahora va conduciendo un todoterreno verdoso y de llantas gruesas, recorre caminos rurales, cruza pyebluchos de unas cuantas casas, aluza cada sombra que siente sospechosa, se introduce por cuestas y escucha al motor forzando la marcha con su sonido que tasajea al fosco silencio. Conduce con la vista en todos lados: en la carretera para no sufrir un accidente, pero también a los lados donde intuye lo vigilan y en cualquier momento dispararle. Siente que los músculos se hacen nudo, las manos le tiemblan sobre el volante pero nada lo aparta de la vigilancia.

Cubierto el rostro con una capucha, estudia la documentación de unos detenidos, ellos se muestran secos, sin miedo, él no quiere demostrar más que lo profesional de su trabajo y no se inmuta ante la ira de los hombres puestos contra la pared, las piernas bien abiertas, las manos haciendo cruz; gira a uno hacia enfrente, sobre sus ojos siente la marca de cercanas venganzas. Sin perder de vista a los detenidos, examina sus documentos dispuesto a descubrir algo que indique falsificación o señas registradas en los archivos mientras va preguntado datos, fechas, pequeñas anécdotas que demuestren que el revisado en turno conoce la historia de su entorno.

Con el cuerpo duro y la vista sin parpadeos, va en una calle mojada por la lluvia, olfatea el aire, recorre con la vista los quicios de las puertas de madera, está solo y eso conviene porque tiene que ser el primero en descubrir a una joven delgada, de ojos verdosos, de verbalidad mexicana, que aterida se refugia en un hostal hundido en la calleja, tiene que ser el primero en descubrirla para que, sin dar el necesario aviso a los superiores, la rescate tomándola de la mano, salir a la noche de la calle y buscando el refugio en la sombra de los aleros, la lejanía de las farolas, correr por las callejuelas húmedas, de pisos adoquinados, de figuras divinas y esquineras, para salir a la plazoleta limpia y de ahí al auto que espera.

Ese es su papel, su manera de luchar contra esos hombres que obligan a Daniela a efectuar lo que él quiere ocultar al tiempo de suponer que lo va descifrando, y en lugar de ocuparse en tareas inhóspitas, sería mejor refugiarse en el hotel del mismo nombre de la calle, quitarse la ropa y dormir, no importa que sea ahí donde las gringas, son gringas, ya no duda, posan, retan con sus desnudeces; entonces bebe hasta terminar el contenido, pide un nuevo trago, se palpa la cara, la siente cubierta por el pasamontañas que lo oculta de las miradas vengativas y le da aire a héroe de sus cintas admiradas cuando era pequeño y doña Licha lo mimaba, lo llevaba al cine y, comiendo a puños palomitas con chile, los dos se emocionaban por las hazañas de los charros cantores acompañados de mariachis inexistentes, los jinetes sin cabeza, los enmascarados de plata, las capas revolviendo la noche de los caballos en huida, de los antifaces, las marcas de la justicia en manos de hombres rudos que portaban máscaras, diferentes a las que él hubiera usado para salvar a Daniela de los compañeros de ella, de los compañeros de él, porque primero está ella, nada es antes, ni siquiera una patria que no es suya motivada por la noche y Saint André, por el negro y la redondez de una mesa, por el chino del Pompidou, por cartas jamás escritas; y él, sabiendo todo el final, a trazos torpes lo va dibujando, siente que tiene madera para convertirse en héroe de cintas mexicanas: enmascarado reivindicador de la justicia, jinete nocturno que llega en el momento preciso para restablecer el orden; agente audaz y conquistador; un charro cantando en la mitad de la noche, y entonces bebe tratando de no manchar con el líquido el disfraz que le cubre el rostro.

Diente de oro

Por momentos Bruno cree haber adquirido el papel del hombre invisible en las películas que lo llevaba a ver doña Licha, carajo, ser dueño de ese poder, entrar a las vidas ajenas, al baño de las mujeres, seguir a la vieja de los gatos, colarse a los terrenos de Moraima, maldita sea, ver atrás de la sonrisa antes de la viudez de su madre, levanta la mano para frenar el caminado del mesero y el hombre no se detiene, con la mano en alto, Bruno acepta que de ser invisible, lo único que hubiera hecho era seguir a Daniela, nada de otros puntos, el primero y único fuera pegarse a la muchacha y descubrir sus secretos, un tipo invisible tiene la posibilidad de meterse hasta lo profundo en los secretos de Daniela y también desaparecer llevándose los dolores para convertirlos en nada, pero no es así, carajo, no es así.

—Diles monsieur, no les vayas a decir l'addition, garçon, porque se enrabian —ve el reflejo de los ojos de ella. La voz de Daniela se va alejando al sentir la llegada del mesero que quizá se detiene al ver la mano del hombre solitario: no es para pedir la cuenta, que le traiga una coca-cola y un café exprés. No desea hundirse a pico en la borrachera y confundir los tiempos, los gin tónics sirven de sustento, no de retenes; los tragos aceitan la velocidad para resolver, requiere tener la cabeza limpia, maldita sea, Daniela se hubiera reído de verlo hacer numeritos mentales para tener en guardia a las neuronas y así creer ganarle la jugada a los tragos.

* * *

Lo que emerge sale al puro templar de las hebras propias, sabe que sus mayores avances se perfilan en las películas que él mismo proyecta contra las paredes de los edificios cercanos o en la plenitud de la acera, sí, en los dibujitos que brincotean debajo de sus dedos contra el agua escurrida del vaso, los dibujos y las palabras de ella que arriban hasta la mesa de Le Marzet con una multiplicidad precisa. Por eso pide café exprés y coca cola sin medir el costo del refresco que ellos dos siempre consideraron un robo desmedido en comparación a una botella de vino, qué diablos importan ahora los costos, y sin cancelar la cuenta, sin pedir que el mesero, nunca garçon, trajera la adición, para calificar esta bebestible remuda de petición como de impasse, coyuntural o preparatorio.

—Esas palabrejas horrendas son de yupis neoliberales —con la molestia de ella, entra en la espiral, abre los ojos: ahí está el desfile de camillas, puede ver las caras de hombres y mujeres que muestran el terror, y por allá, entre el polvo y los vidrios rotos, dentro de la visión exacta del atentado, en medio de los manchones de sangre pegajosa en la acera, la cara de ella, los ojos entre verdosos y azulinos, la sonrisa tímida, incongruente, a un lado de hombrones sin miedo, olfateando, brincoteando arriba de una chica ¿presionada para que siguiera fingiendo ser la estudiante mexicana en la Sorbona?, ¿la secreta amiga de la mujer de los gatos, la poseedora de la última mirada del hombre apuñalado, la pieza faltante al quinteto de Londres, la amiga de los individuos de Arnoville, la interlocutora de un tipo que tiene abuelos judíos?, un economista que solitario está en un bar de una calle rumbosa de gritos que no le impiden ver que Daniela, en silencio, se levanta de la cama, camina hacia el mueblecito que sirve como escritorio. Bruno, desde la silla oaxaqueña, siente los bordes rasposos en la blanquitud de la silla. Ella se levanta de la cama; ya no está en la habitación, está en el bosquecillo, la ve caminar bajo los árboles, cortejada por gatos. Él sigue en la silla de Oaxaca y ella va y viene del bosque al set six.

* * *

La noche de aquella noche, Daniela, descalza, se sienta frente a la mesa y después de ordenar unas tarjetitas escribe, no sin antes hacerle una seña para que él siga sobre el mimbre de Oaxaca. La ve atareada: revisa tarjetitas, él piensa en las anotaciones de Daniela Köenig Solís, aunque ella poco, si no es que nunca, utilice el apellido materno, ¿ella tendrá un registro de acontecimientos, una relación de secretos, una libreta negra conteniendo los actos que Bruno no posee como respuesta directa? ¿En algún sitio escondería su bitácora? Idiota, la gente como Daniela no guarda nada escrito. Con esta premisa, ¿ya ha sido juzgada y condenada? ¿Así es?

Daniela termina su ajuste, algo escribe en una tarjeta y al entregársela le pide que no la lea de inmediato, que lo haga a solas y de ser posible al día siguiente.

—Mañana en la noche, antes de la cena, evidentemente podemos platicar de lo que quieras.

—Si es que tienes deseos de hacerlo —insiste.

Bruno va rumbo a su habitación, la tarjeta es observada de refilón. Camina rápido, en los pasillos la calefacción es mínima. Entra a su cuarto sin soltar la tarjeta, va hacia el fondo recargándose junto a la ventana un piso más abajo que la habitación de ella.

* * *

Ahora, en Le Marzet, ya conoce lo que la tarjeta decía, también sabe de los dos sitios donde ha pasado su vida: el departamento de la colonia Nápoles, y el otro departamento de la Maison du Mexique, abajo del set six de una Daniela inaprehensible en sus movimientos al igual que los de aquella noche porque Bruno Yakoski no supo lo que ella se quedó haciendo: si leía un libro, miraba la oscuridad por la ventana, repasaba lo que momentos antes había escrito, o si se había tumbado en la cama para pensar; no lo supo, pero intuía que ella estaba segura de que a Bruno le resultaría irresistible dejar la lectura de la carta hasta la mañana siguiente.

Aquella misma noche en su departamentito, abajo del de Daniela, diferente a su departamento de la calle de Pensilvania donde vivía con su madre, aunque con ellos dos llegara también su padre, en contra de lo que otros paisanos hacen pues en la Nápoles casi no habitan judíos, sin que al padre de Bruno le importara, aquella noche de la carta que de inmediato leyó y las letras le fueron precisas, tanto que ahora, en los pasajes que pintan su nocherío, con las bebidas dentro de su cuerpo y las tres, aún a medias, colocadas sobre la mesa, también llegan los rostros de allá, los de la familia paterna, de los pocos judíos que viven en la colonia Nápoles, porque los paisanos de don Checo y de la mitad de la sangre de Bruno, tienen su recorrido casi natural, con algunas pequeñas variantes, o quizá ramificaciones. Los paisanos, como su padre llamaba a los judíos, van escalando peldaños y colonias. Los negocios y las alianzas van transformando el panorama habitacional… y Bruno sabe que estas palabrejas serían del desagrado de Daniela:

—Mejor di van cambiando de barrio, Bruno.

Eso don Checo lo decía, sí, pero no por costumbre, tal vez porque su padre era de pocas palabras:

—No te pases las horas en ese silencio que mata, caray, Checo, eso corta la energía, juela, arrincona al más bravo —y doña Alicia M. de Yakoski de nuevo relataba del ambiente en los carnavales de Veracruz.

—Se bebe y se baila sin parar, mijo, ahí jamás se toca piso, juela, livianita, livianita, con el sudor caldeando lo bailado, mijito —y de ahí relataba la ocasión en que la eligieron reina de la primavera.

Bruno ve a su madre en Saint André des Arts, se mete a los viajes a Veracruz, cuando doña Licha los arrastraba en una verborrea constante, subidos en el autobús contando los minutos que faltaban para llegar al puerto y después de los gritos de bienvenida se ve acomodándose en la habitación de sus primos: techos altos, pisos de mosaico, y en seguida con las maletas sin abrir dejadas sobre la cama, la familia entera se iba a comer mariscos a Mandinga en esos galerones donde la gente, con su hablar cortado y gritón, vibra al calor y los tragos, los olores del mar y los manglares. Doña Licha insistía en cantar las bellezas de su tierra buscando sacudir la modorra de don Checo: hablaba de las arpas tocadas en Catemaco, sorteaba filigrana a filigrana los vestidos usados por las bailadoras de sones. Doña Licha se iba por esos vericuetos mientras el papá, desde el sillón, dejaba el periódico, la observaba con la risa en los ojos, con ese gusto que tiempo después Bruno Yakoski Morales supo se llamaba mirada de cama, una mirada relumbrosa, cambiable cuando don

Checo Yakoski insistía en la repetición de dónde vivían los paisanos.

Bruno nunca estuvo en lo más alto o en lo más retaco, carajo, siempre colocado en calidad de salami como lo estaba en su habitación de la Maison du Mexique, en este París que es el mismo pero diferente al de aquella noche en que ella le dio su carta y le dijo que la leyera al otro día. No era una carta, sino una serie de datos en varias tarjetas. Mencionaba alguno de sus viajes: a Barcelona y a Madrid, sus encuentros con Betín, la manera en que la trataron los familiares de él. Todo escrito en líneas telegráficas que quizá en este momento no pueda reconstruir con la exactitud de las palabras pero sí recuerda, por ejemplo, que Madrid era identificado con una M, una B para Barcelona, y BB para Betín Bernadó. No hablaba de lugares, no se refocilaba con mencionar sitios conocidos, sólo mencionaba que BB la llevó a conocer tanto M como B.

Él casi oró para que en esas tarjetas también aparecieran las iniciales de BY, pero no, fueron otras las iniciales ajenas. Perfila casi con exactitud algunos párrafos: Visitamos muchos sitios / A veces nos acompañaba la hermana de él / En Sitges me quité el sujetador / Así decía: sujetador / Todo más o menos igual las siguientes dos veces, en la tercera sucedió el accidente.

Mencionaba el accidente. Pero no qué lo originó. Ni qué sucedió en realidad. Ni cuáles sus motivos. Tampoco sus resultados. Bruno

Yakoski sabe algunas de las cuestiones que ella planteó, hay otras que raspan: si ya para entonces hacían el amor juntos; si ella se metía a los brazos de Bruno y a su saliva… meterse a la saliva, maldición, debe decir las cosas por su nombre, a lo derecho, no con palabritas cobardes: sí, ya eran amantes, sí, ya eran capítulos iguales en la misma cama, carajo, dos mexicanos abrazados en el extranjero, desnudos en una ciudad ajena, eso hace más fuerte la relación, como si fueran marido y mujer que inician una vida juntos, por eso lo golpeaban tan duro los viajes de ella, porque rompían esa amalgama: él encerrado, pegado junto a un rostro desconocido y abominado como lo era el de BB, eso marca sucesos que Bruno nunca quiso cuestionarse, no pudo o no quiso, pero ahora quiere.

—Lo que no fue en tu año no fue en tu daño —decía doña Licha cuando don Checo, con amielada sutileza reclamaba esa historia de carnavales y carros alegóricos, rodeada de machos que le olían los sudores.

Bruno ahora ya no requiere de mayores vueltas y revueltas, puede hacer toda clase de consideraciones tomando, gin, coca cola y cafecitos exprés. Tres emes: Maison, Mónica y Mexique, la de Moraima por el momento es inválida porque Bruno no pretende que un torrente desvariado de lo toral se meta a lo que no debe tener sexo sino lógica. ¿El sexo no tiene lógica? Bueno, lo de Moraima puede esperar, salvo que algo más allá de una relación jamás comprobada descubra tal turbión de hechos que lo obliguen a sacar del coro a la tabasqueña para meterla al reparto en calidad de protagonista, y eso no lo quiere, maldición, sería complicar lo de por sí complicado, aunque no lo descarte, no, nada debe descartar, y entonces, por el momento, pone a descansar a la tabasqueña.

Dos erres: Richard y Raúl / Tres eles: Licha, Lety y Lorena / Tres eses: don Sergio, Saint André, hotel y Saint André, calle / Dos jotas: judío y jarocha / Dos enes: Narvarte y Nápoles / Dos ches: de Checo y Chalco. ¿Tiene que buscar alguna otra comparación? ¿Existirá? Las letras en eusquera nada le dicen, pero ¿por qué no mira los colores que tienen la bandera de México y la de los vascos? La de Italia. Verde, blanco y rojo son esos tres colores, pero no es cuestión de colores sino de nombres, más bien de letras y faltan las principales: Las B: Bruno, de él, las de Bertín Bernadó, ¿Bélgica no cuenta? Espera, se detiene, recapacita, cierra las llaves ante la posible inundación, agrupar letras lo llevará hacia senderos convertidos en acertijos, mejor lo intenta borrar combinando los sabores de las bebidas, y con los líquidos en frecuencia variable tanto de sabor como de temperatura, piensa en otros caminos menos rebuscados, más de acuerdo a una realidad que a sus deseos retardados por no poner las piezas del millonario rompecabezas en el orden real.

* * *

De nuevo dibuja figuritas. Se sitúa, acecha, descubre, actúa: Camina atrás de BB y D. Los sigue de cerca, huele los cabellos de Daniela, ve los otros cabellos, los rubios semicubiertos por la gorra deportiva de Betín; sube y baja por calles arboladas, entra a bares hirvientes, observa cómo el tipo, a veces con su brazo sobre el hombro de Daniela, con parsimonia charla con otros hombres, usan cabinas telefónicas, vistan lugares turísticos.

Bruno Yakoski no se conforma con ser olfateador de huellas, odia su papel pasivo, por eso puja a fuerza para meterse entre ellos y así quitarles la privacía, la juntura de cuerpos, busca oscurecer las explicaciones que de seguro el catalán-madrileño va diciendo. Bruno es lazarillo, sombra, vecino inconveniente, perro que nunca vieron, reconstruye pasos y voces, escucha el rumor de calles tan distantes y distintas de la que ahora lo cobija, aspira los olores diferentes y por un momento Madrid se va de lado porque, al pensar en el mar, piensa en Sitges, y por supuesto que mira los pechos pequeños y duros de Daniela.

Los ve con ojos de perro, ahí está la mirada de BB, sabe que antes, o quizá en esa tercera visita, el catalán-madrileño también lamió mirando esos pechos perdidos en el mundo de ubres desparramadas en Sitges. ¿Importan más unos pechos que los asuntos oscuros y violentos de la historia de la chica? Cómo carajos medir esto que él mismo se pregunta sin diferenciar lo desigual de los extremos de la pregunta. Mira los pezones. Los siente entre sus labios. Reconoce el sabor. Escucha los latidos, los gemidos. Ve arquearse a la chica. Con una mano ella ofrece el pecho a un niño con una máscara de Harrison Ford quien baja la boca para besarlo, lamerlo y en seguida se interna hacia abajo, rumbo al ombligo, hacia los olores que suaves se caldean entre las piernas. Sin dejar de acariciar los pechos, los besachupa, ensaliva esos pechos que ella dejó a la vista de Betín, tan cerca de Bruno como del catalán-madrileño. No puede quitarse de los ojos la reconstrucción del pasaje y ahí están los pechos como figura central, ni modo, así es, así lo siente, y jala aire, bebe coca cola, gin y café, sorbo a sorbo, sabiendo que para Bruno el cuerpo de Daniela es como una extensión más de sus manos, las de él, como quizá lo fueron para BB esa tercera vez, tan lejos de la calle donde BY está, con los ojos de BB viendo lo que él después tuvo cerca, amó, lamió, salivó por horas, pero después que otro, ese tipo vanidoso, soberbio, dueño de un be eme doble u, be eme uve, fuera dueño de los pechos de Daniela y Bruno también, sólo que a través del catalán-madrileño, y al pensarlo le enrabia la idea, bebe sorbos varios, trata de pensar lo mismo, o parecido a lo que pensó Betín en aquella ocasión, se llena de ira, de ladridos celosos, sí, de celos, carajo, toma el gin sin importarle de qué manera Daniela calificaría sus sentimientos.

Le enrabia saber que un par de días más tarde de lo vivido en Barcelona, o quizá al día siguiente, o tres más, porque el día no lo sabe y ya no le importa, el BMW se iba a estrellar a unos kilómetros de Zaragoza. Daniela regresaría sola a Bélgica, los familiares de Betín se encargaron de los trámites y de los cuidados de BB en el hospital. Sólo del cuidado de él, porque a ella nada le sucedió. Con un demonio, ¿todo quedará igual después de un maldito choque de este tamaño y en una carretera extranjera? Si para los oriundos el asunto es gravoso, para turistas el problema es terrible, pero a imaginarse cuando dos son los accidentados y uno es extranjero, y ambos quizá lleven papeles falsos. Por una parte estaba, digamos, la versión oficial que Daniela contó a su madre, pero él sabe que hay otra cara, la que tiene arrugas, negruras, reflejo de espejos rotos:

* * *

Después de sentirse acosados —quizá un pitazo, un movimiento en falso— se inicia la persecución a través de callejones encharcados evitando la posible detención en cualquier esquina para llegar al BMW estacionado en algún sitio cercano. Suben al auto, se escucha el ruido sordo del motor, brioso, cruzan rápido pero sin estridencias parte de la ¿ciudad?, ¿del pueblo? y tratan de llegar a Barcelona o a Madrid, es decir, iban o salían de Zaragoza, eso no lo sabe: ella y Betín viajan con los ojos puestos hacia adelante de la carretera y hacia atrás vigilando el posible seguimiento de algún auto policiaco.

Ella pide que Betín aminore la velocidad, aparte de ser peligroso es una forma de llamar la atención, que recuerde los controles del radar, que vaya más despacio, el aire chilla al pegar contra los vidrios del auto, y ahí fue cuando sintieron la curva anunciada con el grito de ella, el apretón de quijadas de él, el bamboleo, las manos que quieren enderezar el volante, y el BMW, por más estabilidad, por más loas que le cantan los agentes de ventas o porque BB no supo controlarlo se sigue de frente como centella, rompe la barrera de protección y dando tumbos brinca fuera de la carretera.

O el accidente se debió a que Betín con una mano llevaba el control del auto y con la otra sobaba los pechos de la chica que al tener los ojos cerrados nunca pudo dar ni un grito de alerta. O bien, el escape fue saliendo de Zaragoza después de haber dejado un paquete en manos de una asistente para que ésta lo entregara al doctor, sí, al médico, ese hombre bajito que había atendido a los etarras en huelga de hambre.

¿Alguna vez Daniela también se puso en huelga de hambre? Él supone que las huelgas de hambre las hacen los desesperados, los manipuladores, o los locos, Bruno Yakoski ahora mismo debería ponerse en huelga de vida, clausurar la respiración, negarse a jalar aire, pero antes, darle de patadas a todo lo que se mueve en la calle, escupir cada uno de los ruidos y los gritos y los llantos y las películas que suceden como la del accidente posterior a la huida, después de que el paquete explotara en el momento mismo en que el médico lo abriera. Un médico inerme, incapaz de sentirse enemigo de nadie, acostumbrado a recetar tranquilidad ovillada en el Ebro. El ruido brutal de la explosión, olvidada tormenta en esos rumbos, y ve el volar de los músculos, los boquetes arrojando sangre, los brazos cribados por el estruendo, la ceguera, la cara hecha una raya continua. El médico tirado en el piso del consultorio que huele a gases y mocos y llantos y gritos.

Ellos dos midiendo los minutos entre la recepción del paquete, el avance de la asistenta, el anuncio al doctor y la apertura del envoltorio, rápido, debía ser rápido porque después de la explosión vendrían unos minutos de caos, la llamada a la guardia, el atar los cabos y la orden inmediata para poner en operación el plan adecuado: cerrar las carreteras, los accesos y salidas a la ciudad de Zaragoza, la de la Virgen del Pilar.

* * *

Me quité la parte superior del bikini, los velos, la entrega fácil, la carne ajena… dejó que le vieran los pechos, y a él que se le negó tanto, dejó que Bruno se vertiera en soledades, regarse en oscuridades, y no como allá: Daniela puso a la mano y a la boca esos senos tan suyos, tan ausentes, lo que le molestó no porque Daniela mostrara los pechos, sino por ser Betín el primer observador de la carne de ella, y porque esos datos permean por terrenos que nada tienen que ver con lo que en realidad busca. Niño pequeño que se molesta por la visión de un cuerpo en una playa, en una ciudad, en un país donde dos pechos nada son ante el desborde de los escotes, ante los millones de tetas que se ofrecen. Sí, lo acepta, pero él quedó desde el principio en no tapar nada, ni siquiera sus sentimientos, ni siquiera los pechos ajenos y tan suyos. No ocultar ni siquiera los celos estúpidos, ladridos que se enredan en los que no se sienten seguros. Los celos se miden en tetas. En ojos. En saber que no sólo son las simples miradas sino la observancia de lo que se sabe es propiedad de uno y no del otro, de este y no de aquel. ¿Propiedad? Carajo, nadie es dueño de nada y menos de las tetas de una mujer que no tiene momento de reposo, malhaya, ¿qué es lo que puede considerar como suyo? La libertad no se gana con palabras, con un demonio, y regresan las imágenes cuando ella dejó a BB en Zaragoza para regresar a Bélgica, eso Daniela lo ha contado en fragmentos pero nunca dicho de un solo golpe: ¿cómo salió de Zaragoza, quién la ayudó, por qué no la detuvo la policía, había razón para detenerla?

* * *

Cuando Daniela dejó el hospital de Zaragoza se fue a Bruselas, después a México donde estuvo un tiempo, regresó a Bélgica y de ahí a París con la maleta azul, a la Maison du

Mexique donde él la viera desde atrás de la barra del recibidor. Supo, como lo ha sabido todo este tiempo de la calle y el bar pero que por fin acepta, que Betín, por lo menos unos meses, dejó de ver a la chica. Que por un tiempo cesó el contacto y Daniela se refugió en las soledades del set six hasta que al regresar juntos de alguna de esas caminatas a veces silenciosas y otras intensas en su verbosidad, el entonces ya encargado de la recepción, un chico de Campeche, de apellido Vadillo, con marcado acento del sureste le gritó a Daniela que alguien de Barcelona la había llamando con insistencia, que le volvería a hablar a eso de las siete de la tarde.

Ella nada dijo ni comentó, aunque a partir de ese momento moviera los dedos en forma insistente, fumara más que de costumbre levantándose varias veces para mirar por la ventana sin buscarle los ojos a Bruno que sí los buscaba como pidiendo algún dato, siquiera una mínima explicación.

Media hora antes de las siete ella se despidió: debía estudiar, le dolía un poco la cabeza. ¿Era Betín? ¿Por qué le llamaba? Amor. Complicidad. Órdenes. ¿Podría ser algún familiar? Bruno Yakoski no lo supo porque Daniela siguió como todos los días, sin cambiar de tono o de actitud, aunque en ocasiones se quedaba como si anduviera pensando en algo más allá de su entorno.

Bruno pensó que la llamada era algo circunstancial, pero no se enteró si después hubo más llamadas, si las hubo siempre, si las hubo a partir de ese momento o si esas llamadas eran de Bertín Bernadó, o eran de otra persona del grupo del catalán-madrileño, hasta que Fentanes y Moraima le preguntaron si Daniela tenía familiares en Barcelona.

—Que yo sepa, no —les dijo Bruno.

Entonces Fentanes lanzó risitas en la mirada cómplice que le echó a la tabasqueña que no cantó, ni siquiera una tarareadita débil.

* * *

Ensangüichado como sus departamentos en la vida, ahora entre dos pechos / dos playas / dos caras / dos recuerdos / dos calles / dos sitios / dos B / dos nacionalidades / dos ciudades / dos mujeres / dos hermanas / dos hermanos judíos / dos abuelos tísicos / dos volcanes que cuidan. Ensangüichado como queriendo recitar costumbres, sucesos, actitudes generales, modas permanentes, y llega a la conclusión, no adoptada en esta noche de Le Marzet, sino traída desde el momento mismo en que leyó la nota: no era importante que una chica se quitara la parte superior del traje de baño, eso no tenía importancia, era algo más allá, algo escondido en las palabras escritas con la pluma amarilla. Quizá en un intento de querer contar y no saber cómo iniciarlo.

Porque sin haber estado ahí en aquel momento, pese a haber sido olfateador de humores, perseguidor estorbante de paseos y conversas, al solo conjuro del mensaje en la tarjeta, sin haber estado en la playa catalana, ve a Daniela en el momento justo de alzar las manos y quitarse el sostén, ve aflorar los pechos, los mismos de Londres y de Arnoville, del set six, los mismos.

Ve los pechos salir de la tela, después los pezones colocarse sobre lo caliente de la toalla, tender así el cuerpo, boca abajo. Levantar la cabeza para mirar a Betín y quizá nada notar en los ojos del catalán-madrileño, pero sí en los ojos de Bruno que no está ahí y lo está de manera tan palpable que ella pudiera haber notado lo agitado en la respiración de Yakoski, ese agitar que él sabe que ella percibe al untarle los pechos que ahora están en la playa del Mediterráneo, y esos mismos pechos se muestran cuando ella se agacha y después le ve a los ojos y le siente la respiración agitada, ella lo sabe porque él sabe que lo sabe, aunque nunca se lo haya dicho, como otras muchas cosas.

* * *

Las figuras se estiran de nuevo contra la pantalla rojo-blanco-verde de los edificios que rodean el bar y el hotel, que estrujan al negro, quien continúa con el parloteo que da tono a la musicalidad de los ingleses, y ve en pantalla de reflejos múltiples el cuerpo de Daniela. Lo intranscendente debe tener algún valor, o será que los de la Maison du Mexique ven a su propio país medio atrasado en todo, hasta en eso de que las mujeres en forma natural se asolearan sin brasier, porque a poco la costumbre llega, lo que causa admiración se convierte en rutina, y quizá se admire con mayor detenimiento a la que no se ha quitado nada, como quizá lo hizo Daniela en el primero de sus viajes a España, cuando BB estaba de vigilia en los recuerdos de ella. ¿Estaría presente en sus pensamientos o es la terquedad de Bruno la que ahí la coloca? Otra vez los celos. Los acepta y al mismo tiempo los odia: los celos en este momento resultan más baratos que su sola existencia. Cierra los ojos, recomienza. ¿La soledad de Daniela era igual desde el momento de su llegada, o se fue armando conforme el tiempo? ¿Qué fue lo que con Betín hizo después del accidente sucedido cerca de Zaragoza? ¿Cómo salieron del asunto? ¿Al sanar, el amorío se deshizo para convertirse en relación operativa? ¿Betín sabrá de la vida de Bruno Yakoski lo mismo, o algo similar, a lo que él conoce e intuye del catalán-madrileño? ¿Dónde carajos estará en este momento ese malnacido tipo? ¿Dónde toda la familia de la chica?

Lo que sí sabe, porque lo ve, es la figura de un ser igual a él, con su mismo nombre y su parecido a Harrison Ford, tumbado en alguna playa del Mediterráneo, que podría ser Sitges, acostado sobre la arena gris, con el rebote del mar cercano, sin preocuparse por lo frío del agua, sudado, bronceado, y junto a él: atención, mucha atención: sentada sobre una toalla azul, ¿otra vez azul?, ¿no era de ese color la maleta con que llegó a la Maison du Mexique? a Daniela mostrando los pechos. Mira, en la línea del corte del bañador, la ausencia de los recién rasurados vellos del sexo. El estómago plano. Mide la respiración y ve el cuerpo de ella brillar por el aceite, las gafas ahumadas tapan el verde azuloso de los ojos. Bolsa grande, de Taxco, de Tequisquiapan, ¿de Oaxaca?; dentro, lleva cigarrillos, evidente, toallas sanitarias, aretes, pinturas y maquillaje que no utiliza, y si no lo utiliza, ¿por qué lo lleva?, ah, y una novela de Juan Marsé.

—¿Has leído a Marsé? —la escucha, ella preguntó alguna ocasión cuando caminaban rumbo a la isla de la Cité. Y si lo preguntó, él sabe que en el bolso grande trae una novela de Marsé, ella debe ir acorde al sitio donde se encuentre, si se está en Sitges, el autor debe ser catalán y los catalanes son así, orgullosos de su nacencia, como observaría en la gente que está en la playa, esa gente que a gritos habla en catalán, que actúa como si el resto del mundo no existiera.

Ahí está ella, junto a su bolso de mano, Daniela sin brasier, con los pezones pegados al calor, eso él lo sintió en la Casa de México al leer los apuntes en aquel casi invierno o al releer unas notas sin tenerlas enfrente en Le Marzet, con los ojos de BB metidos en la sangre, con las futuras operaciones fronterizas, dorada de sal para aderezar el próximo guiso, como guachinango tirado al aceite hirviendo, ¿engañada? o segura de dar el brinco hacia los latidos del corazón de lo prohibido, como la tuvo BB, o lo

otro, lo que destruye al grito de fronteras y na-
cionalismos y ella lo acepta siguiendo los ritos
del silencio clandestino. ¿Qué es lo prohibido?
¿Quién es el guapo que pueda definirlo? ¿Cuáles las bases para ponerle la etiqueta?

* * *

En Le Marzet, en Saint André des Arts,
en París, en Francia, en Europa, en una calle
ruidosa, cerca de un hombre negro que algo
murmura como para que alguien se acerque a
preguntar el secreto, ahí, en una acera se planta
una mesa adornada de tres recipientes además
de un cenicero, una cajetilla de cigarrillos rubios, un servilletero y ahí, un tribebedor joven,
de cabello alborotado: pese al calor tiene a un
lado una casaca de cuero, se le nota la barba li-
josa de varios días sin dormir, sin manejar los
horarios lógicos de vida, muestra sus manos sin
firmeza, los ojos abiertos en sus parpadeos in-
cesantes y ese individuo, ese, sabe que es parte
de un decorado en la fuerza de la ciudad que lo
retiene, y de otras ciudades, como una apretada
en el Mediterráneo, donde descubre horas cubiertas en Daniela, mientras la noche se ensan-
cha, babea sobre las esquinas donde una turba
pasea luciendo enormes sombreros de charro,
discretos de palma, orondos andaluces, tocados
de plumas, boinas navarras y gorras beisboleras,
así como kipás, monteras, orgullosas txapelas;
esa misma turba, alborozada, alaba a la mujer
de prendas breves y ajustadas; desde el fondo de

una penumbra ella ha entrado a bailar danzón
frente a un hotel que lleva el mismo nombre de
la calle donde, en un bar, un hombre bebe junto
a una mesa redonda, sin perder de vista a dos
mujeres:

la que tropical baila,

y la otra que somnolienta juega a volar
sobre las fronteras.

Ir a una isla

Amar, centrarse en el espacio infinito de cuatro letras, no puede utilizar el plural que es de dos; él sí y ella quién lo sabe. Amar es comerse a trozos sin masticar, es decir al decir morderse uno mismo y que cada bocado calme al anterior y demande el siguiente, carajo, aceptar que en los lances amatorios cada quien usa el rostro que merece, el amor no significa representar el papel de cándido, y él lo representó, no tiene por qué seguir ocultándolo, aceptarlo sin el maquillaje que pretextan los enamorados, y si acepta eso, también está seguro que puede recordar cuando caminaban por la ciudad, bebían en el set six y terminaban acariciándose como si ella fuera flor, o gacela, o nube, y beberle los pasmos, y ella mostrar la boca desmesurada cuando en sus adentros se punzaban los inicios del goce y lo afloraba en la boca abierta pero silenciosa y en el rasguñar ardoroso de la espalda. Esperarla por las mañanas, añorarla siempre. Servir de guía a los familiares-turistas. Estudiar. Leer o escuchar la lectura de los diarios. Aceptar sus sugerencias y silencios. Encelarse —¿encelarse o dolerse?— por sus ausencias, eso y más, lo que se unta a sus preguntas sobre las vueltas para buscarle sentido a las palabras:

"estar juntos", vivir la ciudad y sus ensueños, tener presente cada segundo, cada acto como el número de veces que se escabulleron de las trampas de las estaciones del metro, entre ellas la de la gare du Nord,

...maldita sea, ¿qué importancia tiene recordar esas pequeñas aventurillas faltas de malicia? ¿Cuántas veces lo hicieron?, incontables las ocasiones en que salvaron el retén de las estaciones del metro parisino con los guardianes que están ahí para evitar sean burladas las puertas automáticas y demás aparatos diseñados por seres envidiosos, celosos, avaros, tiranos, enfermizos custodios, clasifica Daniela añadiendo:

—Todos los guardianes que hay en el mundo son sicólogos-sicópatas —Daniela dice.

Después ella se quedó en silencio quizá recordando algo, como paseando por algún hecho.

—La guardia de donde sea te descubre si les dejas libre la mirada.

Él observa la boca de ella, la misma que se abría con ferocidad en el momento del disfrute, está cerrada y él la mira en su contorno hasta que de nuevo como en desmayo se abre.

—Se dan cuenta por los movimientos de la gente.

Clic. Clic. Clic. Toma fotografías.

—Hay que ser hábiles, pensar con frialdad, no caer en su juego.

Clic. Clic. Clic. Toma fotografías.

* * *

Él no requiere replantear los hechos de las trampas en el subte para sentirse de nuevo en el metro y allá y aquí en Le Marzet, buscar el momento y armar los acontecimientos que se dieron antes del viaje a Londres.

Acepta que las palabras de Daniela son tan convincentes como sus ganas de ir o no a determinado sitio. Está cerca de ella. Sabe, sí, que de pronto los dos estaban comentando el asunto de un viaje al extranjero. Daniela con alegría inusual festejaba la salida a otro país, calculando costos, los días de que podían disponer, los horarios y los documentos.

—Es el primer viaje que hacemos juntos.

Él hubiera querido acompañarla en los otros, esos de los que no se habla.

—Es maravilloso —insistía ella al ver la duda en el rostro del economista…

…pero los dineros encierran las aventuras, cancelan los sueños.

—Al contrario, el dinero evidentemente es enemigo de la imaginación.

La salida de la gare du Nord sería un jueves cerca de las cuatro de la tarde, para llegar a Londres a eso de las diez de la noche. Iban a estar en Normandía antes de que el sol se ocultara para cruzar el canal en un hidrobote inflado en una especie de armadura de caucho.

—El túnel es más costoso y no tiene el encanto de ir por encima de las aguas.

Repitió muchas veces, armando las ideas con el humo del cigarrillo al cruzar frente a su rostro.

—Fíjate, correr al ras del mar.

Mueve las manos semejando olas.

—Un viaje que antes costaba guerras y traiciones, ahora es magia.

Y sonriente mostraba un folleto a colores.

Desde el mismo momento en que decidieron ir a Londres,

…espera, espera, ¿debe decir decidieron, o decidió? Fue en singular, de eso está seguro.

Ella inventó lo del viaje, desde el inicio tomó la idea como si ésta llegara a rematar la alegría y paz al final del coito; Daniela lo expresó, como si fuera descubriendo las posibilidades hasta la fijación certera del hecho, y al oír como ella iba delineando el viaje, Bruno acepta que pese a sus dudas cooperó buscando el material necesario para tener un panorama de lo que podían visitar en un par de días completos, porque regresarían el domingo más o menos a la misma hora. Y pese a sus negativas internas, cooperó, pero la decisión de ir y la fecha del viaje fue de ella, sólo de ella.

Desde ese momento Daniela varió de la euforia al silencio. A veces rehuía charlar del tema y a veces se quedaba mirando por varios minutos los afiches coloridos que mostraban a los guardias del castillo de Windsor.

Un viaje de dos días y tres noches, la del jueves, la del viernes y la del sábado, tres noches completas, sin remilgos, sin camas estrechas del set six, lejos de los olores de la Cité Universitaire, del desayuno de las italianas, de los gatos de madame Bleise, sobre todo lejos de España y por qué no, también de Bélgica, lejos de todo aquello de lo que Bruno la quería siempre lejos.

Primero debe aceptar que tanto el viaje a Londres, así como el de Arnoville en busca de aquella pareja de amigos de doña Lety, los ideó Daniela, y que si ella no hubiera querido ir, él jamás la hubiera logrado convencer. Lo acepta. Carajo que lo acepta, con rabia, con dolor, con esa maldita angustia de saber que aceptó lo que ahora cuestiona.

Calma, no puede violentarse, calma, y entonces surge otra cuestión, minucia, sí, pero estorba y eso hay que desecharlo: duda en pedir otro gin, una coca cola más y junto a ellos, un café. ¿Por qué no las tres bebidas?, a quién diablos le puede interesar lo que tome.

Aparte de esa ambivalencia, acepta, carajo que lo acepta: ella era la sugerente, la que decidía, la que cancelaba aun cuando hasta ahora Bruno lo acepte, es decir, antes estaba seguro de no saberlo y ahora sabe que ya lo sabía antes. No debe pensar sólo en lo simplista, es decir, de cuál gare salieron —bien sabe que fue de la del Norte—; sino las razones que lo llevaron a aceptar el viaje.

* * *

Fugitivo de la evocación espera que se detengan las palabras, maldición, ¿no estará trepado en frases de bolero de los cincuenta?, eso de fugitivo de la evocación es de bolero, de esos que su mamá cantaba al amparo de la música de Lara, son tus noches diluvio de estrellas, palmera y mujer...

La voz de una cantante de nombre Toña la Negra se hace parte de la del hombre de la calle, la entonación de la bolerista jarocha poco a poco va cediendo terreno para ser, ya, la del hombre negro la que ocupe el lugar señero, y de nuevo se escuche de nuevo, sin que Bruno pueda negarlo, un vocablo muy parecido a la palabra Daniela. Al sonido de ese nombre, Bruno levanta la cabeza, comprende que detrás de las palabras del gritón hay una historia cercana. Escucha lo que el negro dice para constatar que se repita lo de Daniela y como si la voz de ese individuo fuera una orden marcial, la calle regresa a la plenitud del tiempo. La verba del hombre hace más floridas las historias que Bruno palpita, a rafagazos aparece Daniela, muestra su accionar, descubre sus movimientos por fronteras frías y sonidos de explosivos que se mezclan con los brincos de las plazas de toros, la Flor de Sotavento, los puertos calientes, los charcos de la colonia Nápoles.

* * *

Él debe regresar a lo de los viajes, requiere atrapar esos momentos en que se subieron al

tren en la gare du Nord, sus nervios, las ganas
de abrazarla mientras el tren avanzaba por el París
del extra radio feúcho y sucio que pasa por las
ventanillas del tren. Ve la extensión del carro,
los asientos acolchados, ese rumor mitigado que
impone. Aspira el olor de los trenes franceses saliendo de París rumbo no a todas partes, sino a las
tres noches completas. Daniela iba con la cara
pegada al vidrio, aprisionando una bolsa de cuero
con botellines de agua y unos emparedados…

—Evidentemente no tenemos por qué
gastar en comida si podemos llevar nuestro propio refrigerio.

…elaborado por ellos mismos en el set
six horas antes del viaje cuando ella, en contra
de la costumbre, se levantó temprano diciendo
algo de…

…despierta a su compañero, y si el flojo
ese iba a seguir en la cama…

La vio desnuda caminar por la habitación. Desde la cama estrecha vio cada uno de
sus movimientos sin que la chica, al parecer, le
diera importancia, alzaba el cuerpo para bajar
algo, se agachaba para levantar un objeto del
piso, y él revolviéndose en los resquicios, los pelos, las oscuridades.

* * *

Mira las vías, lo vibrante de la estación
del norte, llegan otros olores, en los autobuses
de ADO, los del tren a Veracruz, vivir junto al
mar, en una isla,

...México tiene islas que son una maravilla, uf, carajo, dejarse crecer la barba, tripular una lancha que lleve turistas y así estar el mayor tiempo entre las olas y en los barecitos playeros, beber cerveza fría y rones con harto hielo, bañarse en olas verdes y aguas tibias, sin mácula, dormir en cuartos de hoteles, habitaciones de abanico en el techo, como uniformados pero que sean de su dominio sin importar lo corto del momento, lejos del ruido de los autos y la música machacona, sin preocuparse por el siguiente día, hacer el amor con las gringas y las francesas que pronto seguirán su viaje, extranjeras tan displicentes con sus desnudos, dejando pasar el tiempo sin congoja alguna, pero sobre eso sabiendo que jamás se iría lejos del mar, con el bochorno tropical como base sustantiva de su vida, sin saber de nada más, sin leer diarios o ver noticieros que cuenten cómo la gente se aniquila a bombazos,

carajo, y el sonido del carajo sale picoteando a la gente del bar y de la calle, para eso sirven las islas, para cerrar los ojos en la mitad del agua, no tener más visión que el rumor de las olas y las paredes de palmeras que construyen cocos y luceros vespertinos.

Dunquerque

Bajo las nalgas lleva el vaivén de los carros del tren a Veracruz; desde la ventanilla y en las curvas, Bruno puede ver a la máquina; al frente de él lo largo del vagón con asientos fijos, de madera; la gente ruidosa grita desde su lugar hasta los finales del carro, niños corriendo por el pasillo, vendedores de comida, el sonido de una guitarra y él moviéndose al compás del traca traca y de la oscilación de izquierda a derecha.

Una niebla blancuzca empieza a invadir el vagón, se mete como disolvencia de película de los cuarenta, el olor picoso del aire y de la gente va cambiando, se introducen nuevos ruidos y sudores de axilas ajenas, las voces de alharaca rumbera se hacen mansas, se entra a un silencio, ahora va en otro convoy con diferentes olores; los verdes y las milpas retaceadas se transforman en llanuras, el paisaje se cambia al de un tren rumbo a Dunquerque, los dos viajan hacia esa playa lánguida, fría, donde muchos años antes los nazis coparon a un grupo grande de aliados y los dejaron salir de ahí, inexplicablemente, sin destruirlos por completo,

…lee Bruno, ¿cuándo lo lee? porque su padre nunca habló de la segunda guerra mundial y tampoco quiso que Bruno supiera de aquellos años en que si bien no había nacido y don Checo no llegaba aún a México, sí estaban presentes en la tisis de los abuelos, en el constante movimiento de manos de la abuela viejita que no podía salir sola a la calle, oír de las ratas ni escuchar el ruido de las sirenas, pero sobre de eso, en la historia del apellido inventado.

Bruno Yakoski Morales bebe un sorbo largo de gin, uno pequeño de café, otro de gin, un buche de coca cola, ahí está la playa infinita, los soldados corriendo, las olas manchadas de grasa y sangre, la visión es aérea, un avión que rasa sobre la arena, se eleva al cielo abierto-ancho enfrente de la carlinga, el ruido del motor del aeroplano, éste gira, sobrevuela, pone la nariz hacia abajo, ahí están unos campos destruidos y humosos, enfila de nuevo hacia la costa, a lo largo se ven los soldados que huyen sin defenderse, el avión pica hacia los límites del agua, la arena manchada deja apenas ver su gris natural, de nuevo el ruido de las ametralladoras del aparato, el motor que se estremece y esparce su infame gruñido rasposo, el olor a pólvora, los soldados ingleses y franceses caen moviendo los brazos; de nuevo el stuka sube hacia las nubes y de allá pica hacia abajo, se prepara para otro ataque rasante; desde el continente, las tropas nazis avanzan hacia esa misma playa, van contra los soldados ingleses atacados también por el avión y por otros muchos iguales, gran cantidad de hombres y carros de asalto, enormes tanques que chillan en sus ruedas, van a cercar a los aliados franceses e ingleses que apretados y aterrados, casi inermes están atrapados en esa playa larga donde la Luftwaffe se harta de lanzar bombas, las ametralladoras de la Wehrmacht barriendo la costa, los pánzers y carros de asalto comandados por un general de apellido Guderian...

* * *

Espera, espera, que los aviones aterricen, que se detenga la masacre, las muertes cesen, las bombas no estallen, hay que borrar las huellas en esa playa sangrienta, observarla como está, limpia, con un airecillo que la amansa.

¿Qué demonios tiene que ver en este momento un tipo como Guderian? Nadie quiere recordar a esos muertos que ponen cruces a las alianzas. Los guerreros de antes son socios en la actualidad. En ninguna parte de la playa francesa se nota el recuerdo de los años de la guerra, Daniela muestra su alegría al ver las pocas casas y el despliegue de pequeñas construcciones, barecitos, refugios de pescadores, sombrillas para los paseantes, redes secándose a la brisa. La enorme hidronave, desinflada, en un especie de playón artificial hace resaltar su presencia dentro de esa calma.

—Esa es la verdadera alfombra de Aladino —dice ella palmoteando.

¿En este sitio estuvieron los muertos y las armas de la guerra? Daniela y Bruno miran la placidez que nada muestra el pasado. Las guerras y la muerte se ocultan dentro de la rutina diaria.

Ellos cargan las maletas, pasan la aduana con una revisión de sus papeles por parte de una mujer que varias veces miró a la pareja como preguntándose qué hacía en ese sitio un par de mexicanos.

¿En aquel momento se preguntaría eso?

¿En aquel momento haría cálculos para ubicar dónde se encontraba ese país? Un territorio lejano a esa playa adornada con un hidrobarco que tardaría menos de una hora en llegar a la isla británica, un trozo de tierra jamás visitado antes por él, quizá tampoco por ella diciendo lo bello de la travesía y lo poco que costaba pasar el canal, comparándolo con...

—La peligrosa dificultad que existe en otras fronteras.

Y se quedó mirando las olas gruesas cortadas por aviones inexistentes, por barcos a punto de hundirse, por la embarcación en que viajan, hasta que dos hombres cubiertos de sobretodos azules se pararon cerca y sin más, ella fue hacia ellos, primero habló mirando el piso y después lo hizo como si señalara algún punto de la costa que se iba quedando atrás.

Bruno caminó hacia ellos y los tres se separaron.

—Que buena información me dieron estos señores.

—¿Cuál información?

—Es una sorpresa que te va a gustar mucho.

Y cambió la plática.

* * *

Hombres de azul, Guderian, los carnavales, Dunquerque, los abuelos, los trenes, una turba de soldados arrollados por las balas, un avión como arma imbatible; trata de fijar la voz de Daniela, quien después del corto viaje desde la costa inglesa a Londres, en un tren con adornos de madera, muy festejado por la chica, se dio a olfatear, hasta llegar y recorrer la estación Victoria, mirar de reojo los sistemas de control de pasajeros, ver de soslayo a los bobbys, a los viajantes, para en seguida, entre labios, decir algo sobre el IRA, o sobre la ira, Bruno no está seguro como sí lo está al verse al cuidado de las maletas y ella sin dudar ni un segundo, ir hacia un módulo de información y a poco estar de vuelta con una dirección en West Kensington donde según su amiga…

…¿cuál amiga?, ¿de qué amiga hablaba?…

…estarían muy cómodos en un hotel propiedad de los señores Gory.

Él trató de decir algo y ella se estrechó en su pecho diciendo:

—Vamos a estar muy a gusto.

No dijo cómodos, ni bien, sino a gusto. Siente pegado a su cuerpo el de ella. Aspira el olor del cabello. Daniela lo arropa, sin palabras le va relatando lo que van hacer en las noches del hotel que le han recomendado y como remate le dice:

—Me intranquilizan los hoteles.

Le soba el borde de las nalgas.

—Me hacen sentir algo sucia.

Él en susurro le pregunta si eso le pasa en todos los hoteles. Ella evade la respuesta y sigue:

—Y esa sensación de suciedad me turba.

—¿Te es desagradable?

—Me turba.

Ella despega el cuerpo, por un momento algo parecido a la molestia aflora en los ojos, baja el rostro, lo esconde, y al volver a levantar la cara, otra es su expresión: pícara, dulce, diferente para recordarlo de esa manera, así acaricia las manos del hombre, y por primera vez le dice:

—Vamos a coger hasta que te canses.

La calle tranquila, arbolada, en una especie de revuelta esquinera. El taxi los dejó y antes de tocar la puerta, ya en la entrada, dos personas sonrientes esperaban. Un hombre y una mujer gorda, blanca: misia Gory, hablando un inglés apachurrado pero mucho mejor que el de mister Gory, emigrantes croatas, supo después.

—Fíjate qué suerte, tienen muy poco de haber abierto el hotelito, dicen que hasta hace unos meses era una casa más.

Grande, sí, era cierto, a Bruno le agradó al verla desde la acera, una casa maciza, similar a otras de ese barrio de Londres situado muy cerca del Olimpia, en la calle de Avonmore.

Así lo supo, así lo dijo una alborozada Daniela quien elogiaba al hotelillo del barrio

Kensington y él con la palabra coger y la promesa de cansarse haciendo el amor, no, ella dijo coger que es más caliente, más descarado, más sucio, como ella dijo sentirse al entrar a los hoteles esos que no tienen alcurnia o que aún se huelen las huellas de manos ajenas.

—Lo de otros no siempre es desagradable.

* * *

Lo que él haya visto o sentido lo puede poner, sin problemas, de nuevo en la mesa de Le Marzet; es decir, sin muchos problemas, conforme van llegando o retirándose sin orden.

El hotelillo de los señores Gory era de tres pisos, pasillos alfombrados, puertas y adornos de madera. La habitación, mostrada por una demasiado sonriente señora Gory, era amplia, de precio mucho menor a lo que él supuso, y la mujer, como adivinando el pensamiento del muchacho, dijo que estaban en época de promoción y ellos eran los afortunados.

No conoce lo que pensó Daniela, ni siquiera el por qué festejó tanto el barrio, el hotelillo y sus alrededores —¿esa sería la sorpresa comentada por los hombres del hidrobote?

No sabe cómo hizo tan rápida amistad con los señores Gory y con una pareja de turistas españoles, de Santander, que decían realizar su primer viaje al extranjero.

Hasta donde es posible saberlo, ninguno de los dos supo la razón por la cual el español, de nombre irrecordable, tuviera vendadas las manos. A Bruno le repugnaba estrechárselas como si le fuera a contagiar alguna enfermedad contraída en minas de carbón, en los bares donde se comen sardinas fritas y en los trasiegos fronterizos bebiendo sidra de un mismo vaso.

No sabe por qué Daniela callada aceptó disfrutar del baño, que era estrecho en relación a la amplitud de la habitación, y que sin enfurruñarse aceptara el desayuno compuesto por unos huevos pasados por agua, casi duros y un café horrendo, servido por la señora Gory, sonriente, demasiado sonriente.

Quizá nada de eso importara cuando los dos aparecen entrando a la pieza del hotelillo y él acomoda las valijas dentro de un clóset polvoso y desde ahí, con la cara vuelta hacia la oscuridad, le dice que mucho lo inquietaron las palabras de la chica.

—¿Cuáles palabras? —ella deja caer de lado la frase.

—Las de hacer el amor hasta cansarse.

—Yo dije coger —y Bruno de nuevo se extraña de la expresión y de esa risilla que aflora en los ojos de ella.

Daniela se va quitando la ropa en movimientos jamás vistos antes, como si otra mujer, cachonda, brava, sonriente y cínica, sin esfuerzo hubiera sometido a una Daniela tensa, tensa, por dentro pero nunca demostrativa por fuera, menos cuando de amor o sexosidades se trataba,

la hembra que surge de entre las ropas que van cayendo, humeante danza en la habitación, con voz y quejidos domina el escenario, alza los brazos para mostrar erguidos los pechos que se ven más grandes, retadores, duros en el pezón, y entre que se acaricia pasando las manos por todas partes, se tumba las bragas y muestra el sexo sin cubrirlo con los pases de magia porque los dedos y las palmas siguen viajando, incitan, frotan, prometen y evaden cuando un hombre quiere atraparla y la mujer no quiere por el momento cerrar el círculo sino ir desperdigando las motivaciones que cercan al espectador cuando ya sin una sola ropa ella le va quitando la suya al hombre, quien ayuda en la acción hasta que los dos desnudos se estrechan en apretones y ella lo tiende en la cama y desde los pies lo lame, retarda la felación besando y lamiendo los muslos, las ingles, la pelambrera del sexo y cuando los gemidos de él van subiendo hasta el techo pintado de color vainilla, cuando el tipo se tensa, se dobla, tiembla, entonces ella mete la boca a la carne, chupa y lame, ensaliva, entra y sale en movimientos y sensaciones que él jamás jamás creyó que alguien pudiera sentir tan adentro de las venas.

—Vente en mi boca —se oye la voz femenina como si saliera de un caldero hirviente.

Y él, sin hablar, movió la cabeza para decirle que no.

—Córrete en mi boca —insiste la voz de una ella que no parece serlo.

…y él en ese momento mandó al diablo la expresión española de decir correr y no venirse como lo dijo la segunda vez que insistió en que el hombre se derramara adentro de ella, pero no en la vagina sino teniendo a los labios de la boca como guardias del semen retenido aún porque él quiere hacerle sentir también a ella que los paraísos mejores son los compartidos, que empalmar el placer es signo de complicidad sin límites y así los dos rueden en el cascajo de la venida, con los sexos metidos en arpegio de caracolas, que ella quizá sienta cuando la verga, sí, así le dijo ella,

     …—se haga parte de mis intimidades que son tuyas…

     …entonces él con dulce rudeza le despega la boca de su miembro, alza a la mujer y a su vez le chupa desde el ombligo hasta el olor de la vulva que está blanda de líquidos, que se estremece al vaivén de los músculos de los muslos,

     y al escuchar la salida del gemido atrapado en ella, la deja caer sobre su estómago y sin condolerse del…

     —… me duele, mi vida, me duele…

     él truena, cabalga, recita, haciendo que las nulas uñas de ella se claven en la carne de la espalda mientras solloza y va diciendo que eso es muy bello,

     —muy rico.

     * * *

     Abre los ojos, está excitado, desnudo, sentado junto a una mesa, la gente no lo mira, a él no le extraña porque se sabe invisible, puede hacer lo que le plazca y nadie reclamará si no está de cuerpo en la calle, percibe a Daniela, la chica está acurrucada en su espalda, la ve, y la compara con la otra ella misma,

la que por las mañanas apresuraba a bañarse dejando ver sin pudor el cuerpo, inclusive él ahora sabe que ella, sin ropa, se desplegaba por el cuarto como recordando la noche y señalando la siguiente, pero sin permitir nada de lo que horas antes había permitido.

Una misma mujer con dos momentos, carajo, qué simplismo eso de catalogarla en dos diferentes cuando Bruno sabe que son miles las que ella carga en un mismo gesto, dos, maldita sea, una es la que existe en París, la cautelosa censurando sus propios gritos tapados por la mano para que no se escucharan en el set six, menos en la Maison du Mexique, aunque eso no fuera realidad pues en la Maison nadie se espanta por unos gritos y menos si son amatorios, nadie, pero así es ella, Daniela, la que aceptaba algunos de los reclamos sexuales de Bruno pero sin cooperar, sin dejar el alma en la cogida,

como ella catalogó lo que Bruno había calificado de hacer el amor, y no, él sin decirlo, siempre quiso coger porque coger es parte del amor, no es acto solitario aunque se escuche fuerte la palabra,

carajo, la carne al mismo tiempo receptora y ausente de ella, igual que si tratara de demostrar que el amor era un pago inevitable pero no gozoso,

castigo cuyo posible placer debía ser enjuagado a fuerza de tallar y restregar sus límites.

Tan diferente a la otra, a una Daniela que fuera del set six, en los hoteles de Londres y Arnoville, arremetió cada segundo como si tratara de recuperar el terreno, o las tensiones se quedaran de lado para mostrar el rostro de una chica ganosa, con una furia sin más límites que la noche, las noches, cuando en ambos hoteles el tiempo corrió en varias velocidades conforme se iba desarrollando la escena, ¿la cogida?, ¿el acto de amor sin tapujos?

* * *

La primera mañana en el hotel de los Gory, ella se levantó primero, se metió a la pequeña ducha y sin hacer ningún comentario de lo por varias horas sucedido en ese mismo lugar, se vistió con rapidez y antes que Bruno saliera de la cama, le dijo:

—Voy a desayunar, me muero de hambre, alcánzame cuando te acabes de arreglar.

Al llegar al pequeño comedor, el grupo de cinco: los dos españoles, los Gory y Daniela, hablaban sin reírse como si fueran viejos amigos que estuvieran recordando pasajes tristes de sus vidas.

Fue en ese momento en que por primera vez vio a los dos españoles: el hombre alto, muy blanco, de cabellos claros, huesudo, con las manos cubiertas por vendas un tanto sucias. Su pareja, una mujer bajita y rechoncha, tímida, de pocas palabras y mirada siempre alerta. Con la llegada de Bruno al comedor, la charla se detuvo. La expresión en los rostros giró en otros sentidos. Casi al instante salieron mapas que se extendieron sobre la mesa.

—Que el museo de la guerra es espectacular —se oye la voz de ella, ¿de Daniela o de cualquiera de los otros cuatro?

Él odia las guerras, y si ella lo sabe, ¿por qué diablos ir a un museo donde se alabe la destrucción? Tienen que existir museos donde aparezcan signos de vida, cantos floridos, textos multicolores, flores inmensas, música sonora, gente bailando, niños en las calles, pero los ingleses van a las guerras desde la época misma en que se inventó la caraja guerra.

Los ojos de las dos parejas que rodeaban a Daniela no se quedaron ni un momento fijos en la cara de Bruno. De ida y vuelta recorrían paredes, adornos viejos, cortinas pesadas, oscuras, vajilla modesta, mesas vacías.

Él dio unos bocados al desayuno semi frío, lo hizo en medio de un silencio apenas deshecho por algunos comentarios de Daniela y el español.

Al salir a la calle, ya los Gory se habían despedido argumentando tareas a realizar y la pareja española regresaba a su habitación para después ir a alguna parte de la ciudad.

En las tres mañanas del hotel de los Gory, los cambios se dieron al momento del desayuno; al entrar él, los cinco retrasaban la exposición de los aparentes mapas turísticos, torcían la boca, la Gory hacer ostensible su risa, el marido carraspear de continuo, el español incapaz de ocultar el desagrado aunque lo cambiara por la sonrisilla tímida y su queja por el dolor en las manos:

los cinco miraron con molestia la llegada de Bruno al comedor pequeño, de muebles usados, quizá traídos desde el país de los dueños del hotelillo, un set acorde a las cintas inglesas donde la neblina era escondite de piratas o asesinos destripadores, la misma película congelada que hoy trae a Le Marzet, y si se repitiera, podría ver en una secuencia:

el escenario es lúgubre, la iluminación diseñada para que las sombras sean parte de la tensión, la estancia simula ser parte de un castillo o de una construcción alejada de la ciudad, la cámara enfoca a los actores: tres mujeres y dos hombres giran la cara hacia la puerta para mirar a un hombre alto, de cabello en desorden, que también los mira con los mismos ojos de sorpresa que los cinco demuestran.

La cinta captaría ambos planos en donde en las dos partes sobresale la extrañeza, sí, pero hoy conoce que eran diferentes las causas. De nuevo ve la cara de ellos cambiarse en otros ojos, en otra actitud, al decir que estaban armando el recorrido turístico del día.

Todo esto con la risa-mueca en la voz de la Gory; con la mirada dura, apenas disimulada la del marido de la señora, con la pequeñez redonda de la española que no sabe si llorar o echar la carrera hacia las escaleras, con el santanderino aleteando una escondida furia y sus manos vendadas frente a la cara de un Bruno que…

...sólo añora que llegue la noche, que el día pase a la velocidad del turista con prisa para tener a Daniela desparpajada y ululante junto a sí, en la cama, en el suelo, en la regadera de la habitación del hotelillo de la calle Avonmore, en la camita estrecha del set six, en el sitio que fuera, inclusive en una habitación de los departamentos inventados y que nunca vivirían ni siquiera en la novedad de la cogida y de lo soñado, que era lo mismo, carajo, que es lo mismo, carajo.

Población inmediata

Aletean sus manos que no tienen vendas aunque Bruno Yakoski las sienta apretarle los dedos. El olor de su aliento es de naftalina. Quiere borrarlo y sin orden bebe de un jalón cada uno de los tres líquidos. Lo hace siguiendo la guía de las garras, y de la imagen de manos ajenas y olores tensos, con los tragos llegan las comparaciones entre el cuarto del hotel en el barrio de West Kensington —donde Daniela fue una hembra diferente, maldita sea, los muchos rostros de la chica— con la habitación del otro hotel, el pequeño, donde meses después pasarían una noche en Arnoville-Legonnes, tan cerca de París que bien pudieron hacer el viaje de ida y vuelta en una sola jornada, sin hospedarse en ninguna parte. Puede oír la voz de Daniela diciendo que doña Lety escribió para que se dirigiera a esa población y encontrar a una pareja de apellido Malo:

—¿Tú los conoces? —dice él tratando de buscar el encuadre a la búsqueda.

—No, son familiares de una amiga de mi mamá —siguió como mensaje telegrafiado. Esa amiga de doña Lety tenía perdidos a sus familiares hacía muchos años y alguien le dijo que era posible localizarlos en Arnoville-Legonnes.

* * *

De Londres a Arnoville. De una isla a un territorio. De un idioma a otro. De un país al ajeno. De una frontera a otra diferente siendo la misma. Todo cambia, como se transforma su estado de ánimo ahora que trata de ordenar la cronología y la de los hechos. De una chica a otra que es la misma. Dobles miradas. Dos películas que son una misma: Se hospedaron en un hotel de una estrella igual al de Saint André des Arts; el de Arnoville, situado junto a la estación del tren, abordado también en la gare du Nord y que los llevó en viaje rapidísimo a un poblado a las afueras de París, pequeño, arbolado, con cientos de africanos árabes pululando en las calles cercanas a los andenes, frente al hotel, y en ese sitio ella dijo que debían instalarse, de ahí iniciar las investigaciones.

Las investigaciones corren hacia puntos varios, desde lo científico hasta lo moral, desde lo casero a lo perverso, pero para él eso llamado i n v e s t i g a c i ó n resulta atada a una peste policíaca, a terminajos legaloides, a prisiones que asustan, que le cierran las vías de escape porque toda investigación bien conducida lleva al descubrimiento que pudiera desembocar en cárcel, carajo, la cárcel es un sitio horrendo; carajo si no hay cárceles bellas por más que los motivos para caer en ellas sean heroicos; los héroes valen madre, son jodidos que no supieron huir a tiempo; carajo, su pensamiento ensucia la puta tarde que no tiene otros espacios más allá de las sombras.

* * *

Pero Daniela más se preocupó por visitar las tiendas de los árabes y un bar justo enfrente del hotel donde bebió sólo una copa de vino para regresar al cuarto del hotel, y al cabo de un par de horas en que no permitió que él la desvistiera, pedirle a Bruno que regresaran a la taberna a tomar otra copa. Un par de horas es mucho para estar metidos en un hotel, se piensan tantas cosas, y él dio de vueltas por la habitación estrecha y con olor a desinfectante, en la televisión miró esos programas musicales tan obvios y sin chiste, se asomó a la ventana, preguntó a la chica sobre si los cuartos de los hoteles le seguían causando nervios, y ésta, acostada con los ojos cerrados, le dijo que tuviera calma porque a veces se necesita aplicar la paciencia para saber de qué manera conseguirla; y así se estuvo, sólo de vez en cuando consultaba el reloj de la mesilla del cuarto.

—Vamos a tomar un trago al bar —ella dijo de pronto.

—¿Por qué esa repentina decisión? —se pregunta y por supuesto que preguntó aquel día.

—Es muy bonito sentirse parte de algo —está detenida junto a la salida de la habitación del hotel.

—Tener espacios propios, saberse conocida, saludar a la gente en el bar que se frecuenta —toma la perilla de la puerta y abre.

—A las mujeres también nos gusta tener un bar de refugio.

Bruno ve cómo le va cambiando la expresión del rostro, se hace pícara, bajo las cejas levantadas los ojos brillan y más cuando en un momento le dijo:

—Los hoteles me solivianten las ganas.

—¿De tomar una copa de vino? —él fingió para que la candidez fuera parte de su pregunta.

—Ya sabes que no me refiero a una copa de vino —ella se muerde los labios y medio pinta alguna palabra que él reconstruye, es sólo una palabra, coger, dice ella sin decirlo, sólo en la forma de mover los labios.

Él trató de cercarla y ella con risitas y meneos de cuerpo se soltaba de las manos.

—Qué te dije de la paciencia.

Puede ver el perfil del hotel y oler el interior de Le Marzet. El tiempo que ahí lleva. La música de los ingleses, diferente a la escuchada en el pub londinense cercano al hotelillo de los señores Gory donde antes de dormir se metían a beber un trago y ahí iniciar el rejuego más tarde tumultuoso en la cama, en el suelo, sobre la silla, frente a la ventana para travesear a que alguien los pudiera ver, diferente la música de aquel pub a la de las bocinas del bar Lyon, de Arnoville-Legonnes, donde ella bebió vino charlando con los trabajadores de una empresa de transportes, mientras entre bocado y bocado, entre sorbo y sorbo, juntaba la cara a la de Bruno, quizá para que los hombres vieran quién era el ganón con la chica, diciéndole en voz baja, sólo a Bruno, que al terminar la copa regresarían a casa, ahí enfrente, al hotelito de una estrella, y pasarían toda la noche juntos, toda, así le dijo:

—Puedes hacerme lo que quieras —y luego en voz baja él creyó escuchar que ella decía: aunque me duela. Bruno se pasa las manos por las mejillas, las trepa a la frente, las baja, las huele, las asiente y toman el vaso que tiene un par de hielos a punto de ser nada.

—Lo que quieras hacerme y que te haga —le repitió mirándolo fijamente a los ojos.

—Espérame —le dijo al tiempo de pasarle la mano por el cabello, mientras ella se desmontaba del asiento frente a la barra. Él se dio cuenta que los dos hombres que entraban al bar acompañados de una mujer delgada, de boina, eran los esperados no porque se acercaran a Daniela, sino porque la chica al verlos se tensó dejando la copa de lado, prendiendo un cigarrillo le dijo:

—Espérame —envolviéndolo con los ojos y la sonrisa y los labios abiertos y quizá los pezones hechos dureza, él así lo creyó, lo recuerda, lo mira; lo que Bruno nunca supo fue de qué hablaron ella y los amigos en una esquina del bar, mientras él los esperaba encaramado junto a la barra mirando que ninguno, al parecer, demostrara sorpresa por el encuentro después de una investigación.

¿A dónde y cuándo se realizó la indagación si Daniela jamás salió del bar o del hotel? ¿Cómo fue que los amigos llegaron justo al sitio en el momento justo? No lo supo, en aquel momento no quiso preguntarse nada, si traía la mente puesta en el cuarto del hotel. Se despidieron sin haber presentado a Bruno con esa gente, que salvo una mirada oscura de la mujer de la boina ni siquiera intentaron saludarlo, o hacer algo que demostrara que ellos sabían de la presencia del economista.

Daniela, con una expresión diferente en el rostro, lo enlazó con los abrazos, lo encaminó hacia la puerta y no dejó que él preguntara si esos amigos en verdad eran conocencias de la amiga de la mamá, si eran mexicanos o españoles, nada preguntó porque se dejó ir en las manos de Daniela que le acariciaban el tórax, el cuello, los labios para que no los abriera en busca de respuestas, mientras cruzaban la calle, entraban al hotel y ella, fingiendo movimientos naturales, le acariciaba el sexo por encima de la ropa. ¿Cómo se puede pensar en investigaciones cuando los palpitares encienden redobles nocheros? Cómo buscar motivos a los motivos si al entrar al cuarto ella se tiró en la cama y le dijo:

—Desvísteme despacito —y Bruno mandó al infierno a los amigos de la mamá, a los tales señores Malo, a los camioneros del bar, a los árabes, a las pinches investigaciones y se metió a las manos que lo iban cercando.

* * *

Supuestos y vivencias corren sin orden, el mundo de la calle arremete con la fuerza de la noche, y frente a un nuevo y soberbio gin tónic, se da a silbar noche tibia y callada de Veracruz, el de su niñez, que ahora jala más que nunca, como estar allá bajo los portales, la noche de cocuyos prendidos, tibia cuando la de ahora no tiene nada de agradable, porque es cálida como las fogatas que los parientes hacían en la playa, como el trópico donde se pintan santos de iglesia, en plazuelas en que se exhiben películas sin diálogo, y no se ven las playas lejanas de los viejos boleros que su madre cantaba, señalando la calidad de Antonia Peregrino, mejor, mucho mejor conocida, como Toña la Negra, cuento de pescadores que arrulla el mar, su silbido contrasta con su rostro, él lo sabe, siente lo pesado en los ojos y las arrugas remarcarse, siente que su fisonomía ha cambiado como si cada hora una rúbrica se ahondara en la piel, porque la musicalidad de Oración Caribe o Noche de Ronda, cualquier otra de Agustín Lara, sólo le infla los cachetes sin soltar el aire, sin que los ojos abandonen la mirada de las películas que a lo largo de esas horas han transcurrido en las paredes de las casas vecinas, vibración de cocuyos que con su luz…

* * *

Como si una luz hubiera enceguecido los recuerdos y borrado los hoteles de Arnoville y Londres, la palabra del negro cubre el panorama porque ha vuelto a gritar ¡Daniela!, así es, ha dicho Daniela, ya no hay confusión al escucharlo. ¿Será un traslape de nombres, un error del mismo Bruno que escucha lo que no es? No lo sabe o cree no saberlo, o quiere desentenderse del nombre en boca del negro, porque de seguir el hilo podría armar una historia desentrañante de las razones por las que Daniela decidió ir a la costa Cantábrica y anunciarlo al grupo de amigos cercanos.

Sabe que aún es tiempo de quitar de golpe y porrazo aquello que ha estorbado a lo largo de las horas para así centrarse en los otros rostros de la muchacha. De ella que es suya y no lo es. Que penetra y sale sin recibir órdenes. A ella que tanto odia las órdenes. ¿Cómo las recibirá de quien comanda las acciones? La gente no funciona igual ante diferentes circunstancias. Hay maneras para todo. Rostros para cada ocasión. Máscaras para cada martes de carne. Se dice, se repite, se machaca. Y deja de lado la coca cola y el café, bebe de un jalón más de la mitad del contenido del otro vaso sin siquiera intuir a cuánto ascendería la addition s'il vous plait cuando mueve mano, dedo y voz para pedir monsieur el siguiente trago que beberá como si fuera el último, que dulcifica la garganta, la refresca al momento en que: otra explosión de luces rodea la aparición de una mujer: delgada, se va quitando la ropa en medio del estruendo y de los muertos en una playa parecida a Dunquerque, similar a las de Barcelona, a las de Ve-

racruz, una playa formada en las cercanías de
París, en las avenidas de la ciudad, en el aparejo
de sus calles, dentro de esos paisajes encendidos,
humosos, inmensos que desfilan en las paredes
de las casas de enfrente de donde está sentado
mientras con insistencia mira y escucha al hombre negro que se desplaza seguido por una luz
de escenario que acosa sus movimientos y lo
centra en el proscenio de la calle.

El rubio

Como si una trompeta lanzara su sonido ordenando la salida del hombre, éste aparece en la puerta del bar, otra luz de escenario sigue los movimientos del recién llegado que sin pedir permiso planta su figura en la calle; Bruno siente lo ostensible de esa presencia, la absorbe y lo manifiesta en la fijeza con que mira al personaje. Pese a ser ya de noche, el hombre que se ha emplazado en la acera usa lentes oscuros, porta una americana cruzada, camisa muy blanca, un anillo de oro brilla en su dedo meñique; en el panorama de Saint André des Arts el tipo podría ser confundido con diplomático: rara flor, fragancia en tiradero de huesos bajo ese calor que la noche no ha alcanzado a romper del todo, ¿el brincar en el estómago le anuncia de quién se trata?, maldición, ¿este tipo habrá estado ahí siempre y el economista no lo había visto?, ¿dónde es ahí: en la calle, en la fusión de las imágenes, entre la gente de la acera?, ¿el ahí, será este mismo escenario?

Con gesto doloroso que parece negar el evidente charm, el hombre recién estrenado en la escena de la calle avanza hacia el negro quien al parecer no se ha dado cuenta de la aparición de este personaje. Un jaloneo interno sacude a

Bruno Yakoski, quien mira el cauteloso caminado del hombre que contrasta con la fuerza
que despide su rostro y la altanería de su gesto;
sin detenerse para ubicarse en la calle, como si
no tuviera alguna duda de su misión, el de los
lentes oscuros se planta junto al negro, observa
el panorama y de pronto, con la misma sorpresa
de su llegada, se inclina para pegar su boca al
oído del gritón.

La acción en Saint André se ha detenido
como si una mano apretara a la gente y otros
instrumentos de viento pronosticaran la entrada
de algo superlativo, a la vez que nadie, ni siquiera los ruidos del aire se atreve a trastocar el
discurso que va fluyendo ante la receptiva pasividad del escucha que no deja, ni en gestos, miradas o palabras, traslucir lo que el hombre
rubio y elegantemente vestido va dictando junto
a la oreja.

La fuerza de la escena y de lo que ya
tiene aclarado le dicen a Bruno que lo que ahora
está sucediendo forma parte del ritual del ocaso
del descubrimiento; la angustia no debe ser una
máscara más que tape los sucesos que él mira
sin perder detalle aun cuando algunas voces inoportunas entran a escena: se escucha al tío Miguel, quien le escribió a Bruno diciendo que si
a su regreso tomaba el camino correcto dentro
de la familia, él y la comunidad le abrirían los
brazos. Bruno Yakoski, maldita sea, lo inentendible de sus actos, guardó sin contestar la carta
pero sin apretar el trash para desaparecerla. ¿Por
qué hizo eso? Tampoco sabe el nombre del ne-

gro ahora silencioso. No lo sabe o no quiere decírselo. Sabe que el mensaje del tío es el cabo de vida lanzado por la comunidad de su padre. ¿Y el hombre rubio de porte altivo? Que diga el nombre y al pronunciarlo sabrá cómo exorcizar el apelativo del innombrado y aceptar el mensaje que uno le trasmite al otro.

Nombres, Bruno no cree conocer el nombre de ninguno de los protagonistas de la calle, pero el del rubio recién llegado está en el borde de su imaginario, Betín, carajo, debe ser Betín, no puede ser otra persona; carajo, las olas arremeten para llevarlo de un lugar a otro; él está y no se palpa, y aunque está aquí quizá nadie lo haya mirado a lo largo de los gins y sí hayan mirado a Daniela, que al igual que él está y no, llega y huye del escenario, se sienta o se desplaza corriendo, con los pechos al aire, desfila por la pantalla del cine, se asoma envuelta en llamadas telefónicas, reaparece disfrazada de gringa semidesnuda en las habitaciones del hotel del mismo nombre que la calle, atisba entre la gente y comenta, con gesto de susto, algo sobre lo que se desarrolla entre el negro y el hombre blanco que sigue hablando sin hacer caso del espanto que a Bruno se le enrosca en cada trozo del cuerpo, con las imágenes que se traslapan a cada segundo:

Daniela hace aflorar los pechos en las playas de arena gris de la rúa parisina y así, desnuda, intenta meterse entre el hombre negro y el rubio que se encuentran a la vista de todos. ¿Qué comentario les pretende hacer? ¿Qué versión de la historia les relata a ellos? Parece que ella quiere detener al hombre blanco, quitarlo del escenario, pero el tipo jala su brazo, se deshace de las garras de la chica que después, alzando los hombros en un gesto de no hay salida, abandona a los dos individuos.

El economista mira la escena sin escuchar las palabras de la tercia, sólo los movimientos. De improviso, como si un inexistente director de escena lo ordenara, la chica extendiendo los brazos al cielo, asiente con la cabeza y besa al negro, después abandona el set donde quedan los dos: el rubio de lentes oscuros le habla al negro; ninguno se ha detenido para ver la salida de Daniela como si la chica fuera sólo propiedad de la visión de Bruno.

Rasgos y rostros se entrecruzan como figuras en la pantalla de las máquinas tragaperras que para ganar buscan atarse a algo conocido, su clon dibujado. ¿El rubio es Betín?, ¿ha llegado para ordenarle al negro que de una vez por todas cumpla con su cometido y explique y recuente la historia de la chica? ¿Habrá otra versión diferente a la que Yakoski ya sabe? Por la posición de Bruno, éste puede ver el perfil de los dos. Revisa desde el fulgor del anillo de oro en el meñique hasta la boca del rubio y la boca del negro. Ve que una se mueve y la otra apenas se estira en una especie de sonrisa triste decorada con espacios sin dientes.

Ninguna persona está a la suficiente distancia para oír la historia que se desflora entre los dos hombres. Los ojos y líneas en los rostros de los parroquianos señalan que nadie está atento pese a que el negro ha ocupado un espacio vital en ese cacho de París. Es difícil de creer que nadie se ocupe ahora de las acciones del negro y del rubio, pudiera ser que un rayo hubiera cegado a la concurrencia, una bruja les haya llenado los ojos de humo alejándolos del recuerdo. ¿Será otra película reflejada ahora en la calle y no en las paredes vecinas? ¿No es película sino la realidad la que se empalma a las visiones del economista? Debe definir y se escapa al oír eso de economista, maldita sea con eso del grado académico, los títulos son mierda pura, en México son llave de vida, colación de posada untuosa, picaporte de lustre, aquí de nada sirven de la forma que allá sí.

Bruno Yakoski mira el movimiento en la boca del rubio que relata una historia de gatos sucios y roedores subidos en las mesas de Le Marzet, juntos todos, bebiéndose los chillidos, chupándose la baba, juntos, escapados unos de los dominios de madame Bleise y otros del aparador cercano a Les Halles. El rubio también explica la razón por la cual se asesina a un hombre desconocido, se oculta el mínimo sentimiento ante la muerte, se borra la conciencia para así no recordar la sangre y la soledad en el asfalto. A borbollones umbrosos, el rubio cuenta porqué una chica mexicana se puede involucrar en una causa más lejana que los campos de tenis en Xochimilco. De las maniobras para enrolar al centro de la causa a chicas solitarias. Y de improviso, tan simple, entra el cuestionamiento:

espera, jala aire, al recordar a la familia, Bruno acepta que nadie de ellos lo ha buscado, o... ¿es Bruno quien no ha querido que lo busquen?

* * *

El rubio ha soltado todo el aire y las palabras, con el dedo índice señala la calva del negro, ¿lo amenaza, lo obliga, lo silencia? Se yergue como si saliera de una piscina después de bucear largo, de nuevo se agacha, otra vez habla en voz baja y en seguida se incorpora, mide el panorama antes de caminar hacia la acera y perderse más allá del sentimiento.

Bruno acepta el chicotazo de los celos, han entrado como revuelco de lombrices; él siente la necesidad de levantarse, carajo Betín, gritarle al rubio vestido en forma elegante, exigirle le diga hasta dónde llega su influencia, hasta qué punto de la geografía del mundo ha podido penetrar, exigirle le repita lo que sabe le ha dicho al negro, pero nada sucede; algo, un peso, un cúmulo de bebidas, o una certeza inamovible le impiden alzar el cuerpo y correr tras el hombre al que no deja de mirar, al que quiere controlar en sus movimientos que se hacen de flotación porque ese cuerpo se va esfumando, ocultando, y al desaparecer, el rubio deja de ser protagonista en la calle, el negro queda de nuevo solo sin que ninguna otra persona, ni siquiera Daniela, repase la escena.

El rubio ha dejado a un negro callado y a un Bruno estático frente al hombre de traje ajado quien ocupa su preocupación sin que el otro se borre de la conciencia. Es el negro quien triunfa de nuevo, ese mismo hombre que no parece darse cuenta sino que alza la cara, el fuego del calor del día sigue incendiado en sus ojos que se cuelgan de la noche, saca el tórax de seguro cruzado por costillas flacas, ocultas en el gesto fiero de decir que él es el actor principal confirmando lo dicho por el rubio, aceptando lo que Bruno no quería aceptar, colocando a Daniela en el lugar preciso en los atentados; lo hace con un determinado gesto que a Yakoski se le asemeja al de un cazador antiguo olfateando una presa exacta.

Quizá en este momento, a esa hora de la noche ya, sólo ellos dos: el negro y Bruno estén silenciosos en la totalidad de la calle sabiendo el curso de la historia de la chica. Los dos saben lo sucedido y por ello el negro otee el aire y Bruno olfatee lo sabido.

Los dos se mueven con cautela sabiendo que el tramo de película está tan cerca de las palabras con que se terminan todas las cintas del mundo sin importar la nacionalidad que sean.

Gacela blanca

El hombre negro del traje oscuro, de sapiente voz por unos minutos acallada, hace un pequeño movimiento que rompe con esa geografía de seguimientos entre él y quien sentado frente a una mesa lo atisba. Por primera vez ambos personajes se miran ojo a ojo sin que algo los interrumpa. Cada uno se encuentra en su lugar. Con el mismo disfraz que han usado a lo largo del tiempo: Bruno Yakoski aterrado y sumiso. El negro gritón, avantoso, con una historia emanada de su boca y de su conocimiento.

De nuevo una cinta, ahora es de vaqueros, los hombres llenan los extremos de la calle, uno mide al otro, se ven sin parpadear, se huele la tensión en los músculos, la gente se hace a un lado, se sabe que sólo ellos tienen la llave de la historia redondeada por el rubio ido: ahí están:

Sin mover los labios, el negro habla. Después, gira un poco la cabeza hacia uno de los extremos, la cámara se desplaza y al parejo de ese girar, Bruno también levanta la cara y ve a las mujeres que desde la habitación del hotel Saint André des Arts señalan algo en el mismo sentido que el negro ha colocado la mirada.

La gente de la acera contraria, la que pasa por las puertas de la tienda de bolsas Talance y del negocio llamado Sweaterie, mira también hacia el extremo de la calle donde están las tres pequeñas salas de cine.

El negro desdentado se mantiene con la cara hacia el horizonte en ese mismo espacio que ahora tiene un diferente movimiento nunca antes detectado por Bruno: un vaivén de algas en la marea inclinándose hacia el lado donde están los negocios, y allá, en ese extremo mirado y repasado por los dedos desnudos de las mujeres del hotel y las miradas de todos, algo diferente avanza, se desplaza hacia los dos hombres. ¿Quién es capaz de uniformar las miradas de la gente que sigue la juerga en Saint André? Bruno Yakoski tensa el cuerpo.

La música se va colando sobre las aceras. En México, el esperado arribo de algo o alguien se anticipa con música. Pero también se musican las ausencias, los llantos y los placeres; en Francia no, aquí la medida no rompe ciertas barreras, porque, ni siquiera borrachos, la mayoría de los franceses van más allá de sus límites, los suyos y los del mundo, los de este barrio parisino porque ¿quién podrá tener esa capacidad de convocatoria para hacer que el sitio contraiga un compromiso con aquello que está llegando?

Cierra los ojos y reza:

...sí, habitúes, peregrinos, soñadores, dolidos amantes de esta calle, espías y noctámbulos, solitarios y desdeñosos, rivales idos, secretos explorados, un Yakoski ora a imágenes católicas, no lo oculta, la música y los gritos están muy cerca de sus oraciones, por eso quiere abrir los ojos y enfrentar los sucesos, pero antes, como si una orden lo aprestara, Daniela lo congestiona aunque sea él quien ocupe cada pedacito del cuerpo de la chica, sea él quien cale el aliento de la respiración de la mujer, de cada movimiento y palabra, y una vez con ella completa, espera que al abrir los ojos esta figura se empalme a la otra que entraría por la calle, ojalá Dios mío, y lo que ve es una carreta, no es ninguna mujer, es la presencia de un armatoste lo que levanta turbonadas y expectativas y hace que el negro desdentado gire el cuerpo y se abandone. ¿Para siempre, por un momento sólo? ¿Sufrirá de la misma decepción que atropella a Bruno?

Eso nadie lo sabe, Bruno se da cuenta: el negro ha retirado sus baterías, relajado la guardia de sus trincheras del frente, y frente a Le Marzet. Abandona la posición del postrer guerrillero, levanta su cuerpo sobre la punta de los pies. ¿Tendrán agujeros los zapatos? ¿Los pies del negro estarán sucios? ¿Largas y amarillosas serán sus uñas? El negro levanta el cuerpo sobre la punta de esos pies, el tipo mira hacia la carreta que avanza cargando un aparato alto, en forma triangular, misma geometría que tienen las pirámides de México, las que los franceses visitan en excursiones tumultuosas y sudadas.

Triangular es la forma del aparato que entra cortando ruidos, sobreponiéndose a la gente, más alto que autos y aparadores de las tiendas de Saint André des Arts; la presencia de ese objeto calla rumores con el tronar de la música que despide su interior sin que Bruno ubique ¿de qué parte del artificio ese sale la música? —quizá el negro tampoco lo sepa por la posición en que se encuentra, ni nadie el motivo de su llegada como tampoco ninguno puede ver la base del aparato, y ninguno saber con certeza de qué sitio de la pirámide sale la música.

Bruno supone... quién sabe lo que el negro suponga... que la música sale del centro de la pirámide de hierro, lo confirma al tenerla cerca, aunque la gente y los autos rodeen el aparato.

El triángulo se detiene con todo y su armonía frente a la puerta del hotel, por lo tanto frente a la puerta de Le Marzet, por lo tanto unos metros más allá de la mesa de Bruno, por lo tanto enfrente del negro que queda ensangüichado en medio de la pirámide y la puerta de Le Marzet, y desde ese sitio llegan los ruidos de un tambor y se entremezcla con la mezcla del gin tónic que pega como quien le pega al tambor, como el que sopla el cornetín, como pega el ruido de esos dos instrumentos y la voz que canta hazañas glorificadas, todos juntos, proclamando odas recientes, anunciando actos de furia, de rabia, diría Daniela o evidentemente de simple magia.

En qué pliegue de la magia se refugiará el simplismo cuando todo se compenetra al compás de un concierto que Bruno no identifica, ni determina de dónde es su nacionalidad, o si está siendo inventado en ese preciso momento. A veces cree reconocer ciertos tonos de blues, a veces de country, en ocasiones de música apache y a la siguiente, notas de tango, ¿de danzón?, ¿de zortziko?

Al compás de alguna música, una gacela blanca, con los ojos verdosos abiertos hasta casi desgarrar su contorno, sube, sube, pezuña a pezuña por una escalera hacia la punta de esa pirámide que Bruno apenas ve, pero intuye completa.

Supone que el negro intuye, pero quizá el negro sí sepa a cierta ciencia del ascenso de la gacela blanca y el desdentado quiera proseguir con su silencio después de saturarse de su propia voz:

La totalidad de la gente de la calle y de los que se asoman de los edificios, mira a la gacela que avanza hacia arriba buscándole metas al hocico en aquellos cuartos de un hotel que se desperdiga de gritos, de palmoteos, de mujeres con las tetas al aire, con ojos de gato, con colmillos de rata, ángeles con pezones, ojos que miran hacia la verdadera gacela blanca que sigue su ascenso.

En la calle, el espectáculo avasalla, el acto del animal que asciende hacia las ventanas del hotel es aplaudido con deleite; con los pelos de su quijada la gacela barbea la sorpresa de las mujeres, trepa hacia el triángulo final de la pirámide de hierro, no de piedra como están armadas las de allá, ésta es de hierro, con peldaños la pirámide.

* * *

—Destruir es construir —dijo Daniela
más para ella que para ser escuchada por Bruno,
por Fentanes, por los amigos norteños y el escritor campechano aunque le hizo un guiño
cómplice a una tarareante Moraima.

Después, se dio a comentar sobre lo que
para ella es una crisis:

—Para mal o para bien, origina cambios
radicales —fuma sin ver a nadie—, disloca la
apariencia para mutarse en otra conjetura que
tiene el mismo valor que el de la matriz —dice
en voz baja.

—Hasta llegar a la jodida crisis —grita
Bruno que ya no teme que la gente de su alrededor lo escuche, porque quizá nunca ni
siquiera haya sido mirado durante las horas
de la tarde-noche, y ahora noche-noche, menos cuando en este momento todos observan
el acto del animalillo sobre la pirámide de
hierro.

* * *

Daniela no oye el grito de Bruno queriendo ponerle un punto final a la crisis que la
chica ejemplifica con la desaparición de madame Bleise, desde hace tiempo por nadie vista
ni en las cercanías de la Maison.

—Debe haber sufrido una crisis —dijo
Fentanes.

Ella asintió:

—Las crisis sustentan cambios.

Y mira al economista como si fuera un doble de la mirada del negro de la calle.

La desaparición de la Bleise fue tarareada por Moraima, quien con caricias en las mejillas de Daniela daba a entender su tristeza, magnificada por Fentanes, menospreciada por Hinojosa, aplaudida por Chela, repensada por Bruno y en apariencia soslayada por Daniela, quien sostuvo la mano de la tabasqueña mientras repetía eso de la crisis, días antes del viaje que, en contrario a los otros, sí anunció a cada uno del grupo de amigos:

—A Santillana del Mar, sólo de ida y vuelta, a ver a unas amistades…

Sin que el rostro marcara desagrado o gusto.

—Ahí no hay pirámides —vuelve a gritar Bruno.

—Un sitio cercano a las pinturas de Altamira —dice Fentanes con voz hueca.

—Ojalá pudiera acompañarte —dice Moraima arqueando las cejas.

—Altamira está cerca de Tampico, de donde salió mi nombre —en la calle se oye terrible la voz de un Yakoski que manotea como queriéndole quitar público al animal que trepa por la escalerilla de metal.

Pero este es otro Altamira, el de Santillana es el de las pinturas en las rocas de la caverna y en donde no hay ni ríos ni pirámides.

* * *

Como esa que ve, y que algo le está contando, que el negro también ve quizá mejor dada su cercanía a la pirámide arrastrada sobre una carreta que Bruno mira a retazos y se pregunta lo que diría Daniela de un acto que ella siente como suyo porque anima a los músicos que tocan trompetín y tamborcillo, describe la razón de esos acordes, mientras Bruno nada hace por levantarse de su asiento y meterse a codazos en las primeras filas reclamando un espacio de temporalidad al que tiene derecho y supone que el negro debe estar observando tan bien como vio al rubio decir y decirle los amarres que cerraran los círculos de la abierta historia de la chica…

…sí, habitúes, sí peregrinos, soñadores, dolidos amantes de esta calle, espías y noctámbulos, solitarios y desdeñosos, carajo que Bruno tiene derecho, si la angustia es prioritaria y la de él es antes que nada, antes de lo que deben sentir los familiares de la chica y a eso, que ya es de por sí mucho, se debe agregar que él y el negro son los únicos que han permanecido ahí todo el tiempo, porque hasta los ingleses, que con sus idas y vueltas a trabajar en las estaciones del metro dejaron varias veces la plaza en manos de los únicos guardianes seguros como son el negro y Bruno Yakoski, mexicano pese al apellido paterno, porque el de la madre es Morales, de los Morales de Coatzacoalcos, avecindada desde muy joven en el mero puerto de Veracruz.

Bruno y el negro han sido los únicos fieles a la calle y pese a ello ahora se ven rodeados por seres diversos: hombres silenciosos que le hacen señas a / ese otro que tiene las manos vendadas y desde una esquina observa a / una señora sonriente, demasiado sonriente que a su vez observa a / otra de chal, seguida por gatos, y que con ojos tristes mira la escena y también a / aquella pelirroja, la que porta una raqueta de tenis y brinca por la calle frente a / ese hombre alto que fuma sin detenerse lanzando el humo hacia / una señora morena que muestra los dientes de oro mientras baila danzón con un señor de kipá, de bigote espeso, que ríe satisfecho y sin tomar en cuenta a / un grupo de hombres barbados que con fiereza miran la escena donde / un tipo elegante, rubio y de lentes oscuros, recuenta la historia y cambia de rostro y lo vuelve a cambiar por el primero para identificar a / una mujer que porta blusa escotada y tararea melodías desconocidas coqueteando con / una joven delgada que mira a / un viejo, semiescondido, que juguetea con un estilete.

De pronto todos, menos la joven delgada que ya no aparece en ese grupo, hacen un círculo y miran a la gacela trepando por la escalerilla, Bruno también la observa: las pezuñas delanteras exploran peldaño tras peldaño; los ojos soberbiamente redondos en una redondez jamás imaginada, y al igual que un par de banderas los cuernos están pintados de un rojo sangre, un rojo intenso como si el pintor de esas astas de agredir al cielo deseara retener en los cuernos la historia de las gacelas del mundo.

Rojos los cuernos que embisten hacia las ventanas del hotel, y Bruno Yakoski sigue los pasos del animal hasta la plataforma superior en que remata la pirámide, un círculo allá arriba, un círculo igual a la mesa más pequeña de Le Marzet.

Allá es donde la gacela va a tener que subir las cuatro patas, juntarlas en un trébol de cuatro pezuñas unidas contra la tabla del remate de la pirámide y aunque Bruno sabe que será el momento cumbre del acto, también sabe que de quererlo la gacela avanzaría sin asombrar a nadie por ese ascenso usando los mismos lentos pasos que utilizó para subir por los peldaños y salirse de la plataforma redonda sin sorprender a nadie por el trabajoso trepar, ni por la fragilidad blanca de ese animal con los cuernos brillando en una ilimitada rojitud maligna.

* * *

De improviso, como emergido del perfil de la mesa o del pico de la pirámide, entre el fragor de la calle, el negro desdentado se planta frente a Bruno Yakoski. Los dos se miran. Por un momento se quedan en silencio y sin moverse. La voz del negro se escucha al tiempo que con el índice señala la figura de la gacela mientras en voz muy baja le dice que ella disfrazó su vida para no comprometer al amado,

¿lo entiendes, verdad?

Sin bajar la mano, de nuevo cuenta con el mismo ritmo, usando frases largas revueltas con palabras en español.

—En Francia el español es idioma devaluado —se oye la voz de Daniela bajar hasta la mesa.

Pero el negro no hace caso. Habla sin perder la línea del dedo. Bruno escucha que varias de las palabras se revuelven con otras que hablan de amor y protección al que se ama para irse por perfiles geográficos en fronteras, serranías y caseríos. El negro se acerca a los ojos de Bruno. Hace lo mismo que minutos antes le hiciera el rubio. Gira el rostro y pega su boca al oído del economista.

Sin dejar que mano y dedo dejen de apuntar hacia la oscuridad, habla y canta melodías inaudibles, habla y canta sin sonidos que contrasten con notas de flautines y tamborcillos. Después, con un movimiento lento de la mano libre, acaricia el cabello del economista que al juego de las palabras ha traslapado al negro con una estatua que huye y se refugia en sus propias palabras.

El hijo de la dueña de una tintorería llamada La Flor de Sotavento sabe que ese hombre negro ha gritado durante horas la verdadera historia y que, al final, en la canción y la caricia hombruna, en las palabras secretas, en el señalamiento hacia arriba, ha sentado la seguridad de que ambos seguirán esperando sin que nadie de aquí o del sur tenga motivos para aprehenderlos.

Conforme entona sus cantos, el negro cuenta historias sabidas por Bruno pero que en boca del pregonero alcanzan extensión sin medida. Historias de amor y besos robados. De sitios perversos disfrazados de turísticos. De una mujer tirada junto a sus gatos como guardianes ondulados. De amistadas ultimadas a punta de estilete. De tipos con la magia del engaño como rostro. De ruidos intensos y edificios destruidos, de niños quemados y hombres baleados. De playas oscuras y soldados en tinieblas. De cuerpos enroscados en las sábanas de los hoteles. El negro entona ese canto porque en la tarde-noche-noche de hoy, su voz fue entretela de una Daniela amadora usante buscadora y usada.

Los ojos turbios del negro piden calma, o llanto, o ira. Nada de ello es lo mismo, y sin embargo los ojos del negro lo piden tan incomprensiblemente que Bruno no tiene ninguna duda mientras le escucha y mira el mover de las manos, mismas que se elevaron, que acariciaron su cabello, que semejaban estatuas móviles,

...y el negro desdentado regresa al sitio ocupado por él las anteriores horas y al detenerse en la mitad del arroyo, protegido por un auto estacionado, la boca sin dientes lanza un grito comandante, y entonces, adornada con el movimiento de las manos en la orden, la calle toma su ritmo y su rejuego como si el negro nunca se hubiera acercado a la mesa.

* * *

Entonces, el negro lanza su último Daniela, ya nada confunde a Bruno Yakoski, quien también sabe que es el último.

El negro oscila en el arroyo y calla. Baja las manos y calla. Camina hacia el extremo de Saint André y calla. Callado se confunde con las demás personas.

Bruno Yakoski hace gráficas que registran el momento de ver los ojos del negro frente a sus ojos. Puntualiza los sucesos en Santillana del Mar y sabe que el sonido de las palabras Daniela, Daniela fue el nombre repetido a lo largo de las horas.

Vio la mirada de la chica abrirse no ante lo que sucedió en ese pueblo español con decorado de set hollywoodense a donde todo puede pasar con tan sólo cambiar de escenografía, sino a la verdad de lo que el economista fue armando a lo largo de esas horas y esos tragos.

Él, hijo de judío y jarocha, supo que el torrente de dulces y frutos caídos de las piñatas de su infancia era igual a la otra verdad que es el engaño y por ello, sin alzar más la cara, inició sus dibujos de pirámides y piñatas en la redondez de la mesa.

Bruno Yakoski Morales escucha la obsesividad de los tambores, ahí,
/ redoblando
/ redoblando
/ redoblando.
El sonido tímido de los cornetines, ahí,
/ resonando

/ resonando
/ resonando.

Levanta el rostro y mira a la gacela blanca servir de contrapunto al perfil oscuro de la calle donde el hombre negro ya no es nadie y por supuesto que no mira al que frente a la mesa tampoco puede mirarlo.

La calle murmura como si la gente se hubiera puesto de acuerdo en entonar una sola melodía que se enreda en el contorno de las nubes, abajo de las estrellas que no cantan tonadillas,

maldita sea, si sueños y personajes fueron sólo figurantes, todos, incluidos Daniela y él que alza la cara contra el cielo,

y mira a la gacela ascender más allá de los tejados, hacia la luna de una ciudad que encierra al que sentado en Le Marzet ensaya algún ungüento de sanación mientras toma un gin tónic con el hielo que se va deshaciendo como si presintiera el panorama.

Índice

Este libro terminó de imprimirse en abril de 2010
en Editorial Penagos, S.A. de C.V., Lago Wetter
num. 152, Col. Pensil, C.P.11490, México, D.F.